そして、モスコーの夜はふけて

バレンチナ・ボガノワ
富岡 譲二 著

流通経済大学出版会

プロローグ

ロシアの女子プロテニスプレイヤーのマリア・シャラポアについては、皆さんもよくご存知でしょう。なぜ彼女はテニスが強く、その上、世界的に、多くの人々の関心を呼ぶのでしょうか。先に発表された二〇〇五年の女子プロテニスでは、堂々、一位にランクされましたが、この質問への答えは、別の機会に譲るとして、ロシアのテニス界では、他にも、タチアーナ・ムイスキナをはじめ、世界ランク十位内に入る女子プレイヤーが数人もいます。

ロシアの選手が、ウィンブルドンなどの、テニスのビッグな大会で、優勝したり、上位にランクすると、私は、何故かプライドに似た気持ちの高ぶりを感じます。テニス以外でも、陸上競技の女子棒高跳びで、イシンバエバが記録を更新し、世界の注目を集めています。

同じく、フィギュアスケートのリング上で、イリーナ・スルツカヤが、華麗な演技で、多くの人の注目を集めているのもご存知の通りです。

スポーツ、特に、個人競技での活躍振りを見ても、ロシアが、大いに変わっていることを感じます。

他にロシアが世界的に有名な事柄を挙げれば、クラシック・バレー、国土の広さ、シベリア鉄道の長さ、バイカル湖の透明度、トルストイやツルゲーネフなどのロシア文学の作家達、白樺の林、広大な森林、石油や金などの天然資源の産出量や推定埋蔵量、アルコールやアイスクリームの消費量、高額なロシア産キャビア、都市での高離婚率、寒さに対する忍耐力、人工衛星・宇宙開発の技術力、最近の経済成長率と急速なＩＴ化、女性の強さと繊細さ？　特に、若い女性の美しさ、花や、踊りと歌、おしゃべり、人前でのスピーチ好き、等々。

かなり独断的な見方が入っているかも知れませんが、どれも、ロシアが世界で最高位か、それに順ずるもので、ロシアを特徴づけるものです。これ等から判断しても、ロシアが如何に大きく、多面的で、そして、変貌する国であるか、良くお判りになるでしょう。

中学、高校と、私はテニスに熱中しましたが、その中学生時代に、教育実習のため大学生の先生が来て、しばらく国語の授業を担当しました。

授業は国木田独歩の「武蔵野」の講読でした。研修期間が終わると、この先生は最後の授業で、眼に少しの涙をためながら、別れの言葉を告げて、東京の大学へ帰って行きました。その時、独歩はロシアの作家ツルゲーネフの作品、特に短編小説「初恋（ペルバヤ・リュボフィ）」の強い影響を受けたと述べました。その時、将来、大学へ進むことがあれば、ツルゲーネフの作品をロシア語の原書で読んでみようとの気持ちが、私の心の片隅に湧きました。

大学ではロシア語を専攻することに決めましたが、入学の前後から不眠症に襲われ、結果、他の同級生と比べ、ほぼ倍の長い学生生活を送ることになってしまいました。

それは落ちこぼれ学生の証明に他なりませんが、その後、航空会社のモスコー支店に勤務することになりました。

ソ連が崩壊する前の世界は、米ソの二大国を頂点として、資本主義と社会主義の二つのイデオロギーが鋭く、そして、長い間対立していました。両極は朝鮮戦争やベトナム、その後、アフガニスタンなどで、直接、間接的に激しく争い、戦いました。

その様な冷戦構造の中でも、日ソ両国の間で、シベリア上空通過の航空交渉が始まりました。軍事的な観点から、シベリア上空の開放を渋るソ連に対して、粘り強い交渉の末、両国は合意に至り、一九六七年四月、東京とモスコーとの間にアエロ・フロート機使用による、共同運航が開設され、数年後、自主運航へとつながりました。

シベリア大陸を越えるこの航空路は、二一世紀の国際交流時代を迎え、現在では、日欧間のみならず、極東アジアとヨーロッパを結ぶ、世界的にも利用者の多い、空の銀座通り、といわれる航空ルートになりました。

二〇〇五年の春、中国と台湾間の直行便の運航が、大きなニュースとして取り上げられましたが、民間航空の就航は、人々の移動や交流の広がり、物の輸送による経済関係の拡大に止まらず、政治の世界の緊張をも和らげる、まさに、平和を運ぶ翼の役割を担うと言えるでしょう。

航空交渉が纏まると、日本の航空会社は社会主義ロシアの首都モスコーに、早速、支店を開設することになりました。そのためには、現地の人を職員として採用する必要があります。

その採用時に、ソ連側から、最初に推薦されてきたのがロシア人女性、バレンチナ・ボガノワこと、ワーリャさんでした。

ワーリャさんは、時には、ソ連という国家を代表する人物のような、硬い意見を述べる一方で、ロシア人としての高いプライドを持ち、仕事は正確に対応、責任感とユーモアのセンスもあり、信頼がおける仕事仲間、時には、手強い職場のパートナーでもありました。

ソ連時代、日本をはじめ外国企業は、直接交渉により、ロシア人スタッフを勝手に採用することは不可能でした。しかし、戦後、経済的に大きく復興しつつあり、資本主義国であるが、極東アジアの「気になる」隣国、日本からの、初めての航空会社事務所開設に際して、最もふさわしく、ソ連として誇れる人物を推奨してきたものと思われます。

江戸時代の一七九二年にアダム・ラクスマンが大黒屋光太夫を伴って、現在の北海道を訪れ、その後、一八五五年の二月七日（安政元年）、日ロの通商条約が伊豆の下田で結ばれました。

二〇〇五年は日ロ修交一五〇周年に当たりますが、一九〇四年（明治三七年）には、日露戦争が起こり、両国の間に多数の犠牲者が生まれました。さらに、第二次世界大戦末期の悲劇へとつながり、北方領土問題は両国間の未解決の、困難な問題として現在も残っています。

戦後も、早、六〇年経ちましたが、政治・経済を中心に両国の関係は、正直、順調に推移してきたとは言えません。

鉄のカーテンに覆われたソ連時代、ロシアからは、ごく限られたニュースや情報しか入ってきませんでした。しかし、ソ連崩壊後のロシアからは、様々な報道が入るようになりました。

二〇〇四年の秋、新学期が始まったばかりの学校への襲撃事件が発生、多数の幼い犠牲者が出るという暗く、悲しいニュースが伝えられる一方、航行不能に陥った、ロシアの小型潜水艇の救助に、米英や日本の艦艇が急遽、救助に向かったとの報道も流れました。伝えられる内容は、悲喜こもごもですが、情報公開の時代が始まったと言えるでしょう。

日本も、変りつつあるように、市場経済に移ったロシアは、さらに大きく変わって来ています。元々、地下資源に富む国ですが、最近では、世界市場での原油高の流れに後押しされ、財政的にも好転しています。以前、世界中を巻き込んだ経済危機は、いち早くロシアをも襲い、銀行は断続的に窓口を閉ざし、倒産もしました。街角から食料品が消えるなど、食料危機にまで発展しました。

しかし、富む者と、時代の波に乗れない人の収入格差が広がる一方、経済危機の際に受けたＩＭＦ（国際通貨基金）の融資も、輸出拡大により国家財政も改善、二〇〇八年までが返納期限の債務も、前倒しで返済しました。


文学の世界では、トルストイやドフトエフスキー、ツルゲーネフなどの、多くの作家が日本に大きな影響を与えてきました。トルストイは日露戦争の始まった一九〇四年、「思い直せ」の中で反戦を述べ、また、チェーホフは樺太を取材訪問した際、そこで出会った日本人の外交官を「サハリン島」の中で、非常に好意的に、そして、文化人として記述しています。

ワーリャさんによると、ロシアで最近出版される、外国からの翻訳本で一番人気があるのは日本人作家の著作だそうです。

旅順での日露の攻防戦が終焉した一九〇五年一月、「水師営の会見」として知られる、日本の乃木、ロシアのステッセルの両将軍が会見。お互いの健闘を称え合い、ステッセルは乃木に愛用の白馬を送り、乃木はステッセルに、敗戦の責任を問われることを心配して、日本滞在を勧めたとのことです。開戦以前に、このような交友関係が持たれていれば、両国間で、多数の無用な犠牲者を出すことはなかったでしょうに。

ロシアは、多民族国家であり、一言で述べるのは困難です。が、ロシア人が持つ特性は、一見、矛盾しますが、ペシミステイックな感性の中の、大いなる楽天主義といえるでしょう。

丁度、それは、日本人が、外国からは脅しに敏感な、テンシヨン民族と見られる一方で、楽天的な面があるように。

だから日本人とロシア人は感性が似ているなどとは言いませんが、「ロシア」には人の心を引きつける「何か」があるのは間違いないでしょう。少なくとも、色々な点で、ロシアは気になる隣国であることは間違いないでしょう。

二極の冷戦構造が終焉し、互いの意見や考えを、政治・社会体制の違い、国境の壁の高さや厚さを考えずに、判断し、述べることのできる時代が到来しました。

ワーリャさんと私は、偶々、数年間、同じ航空会社で働きましたが、航空会社の窓辺で起きた事柄や、国境を越えた人々との触れ合い、社内外で起きた出来事などについて書いてみようということになりました。

第一部は航空会社に勤めることになる経緯や触れ合い、出会った人々、悲しい出来事、
第二部は航空会社の窓辺から見て、触れた日本人、日本文化など、
第三部は今後の日ロ、近隣諸国との関係や交流拡大の願い、など。

第一部と三部は富岡が、第二部はワーリャさんが書きました。

最近、日本国内で、異文化への理解、国際交流の必要性などという言葉を、よく耳にします。

私たち二人は、たまたま一つの会社で働らいた仲間で、ある時は口論もしましたし、日ロの間の、人々の生活や文化を、互いに理解し合ったかといえば、甚だ疑問が残ります。

さらに、二人とも、名文の書ける作家でも、専門の歴史学者でもありません。二人の視点、表現力などには差があります。同じ時間や空間で過ごしても、異なる考え、視点や感想を持つのも異文化なのかもしれません。

人は日々、色々な出会いを繰り返しながら、生きていますが、良い出会い、触れ合いもあれば、悲しく、苦しい出来事が多いのも事実です。

ソ連駐在生活の一端や、触れあい、外国企業である航空会社で、ほぼ半生勤めた、ロシアの一女性が見て、接した日本、今後の日ロ関係への願いなどを、皆様に最後まで、お読み頂ければ、大変嬉しく思います。

著　者

目次

第1部

落ちこぼれの駄目学生からモスコーへ

——東西冷戦下の駐在員生活と出会った人たち——

序章　出会い

ローマ発モスコー経由ＪＡＬ４４４便は、シベリア大陸の上空を揺れも感じさせず飛行し、二〇〇一年五月四日、成田空港へ静かに着陸した。

会社勤めの定年数ヶ月を前に、私はモスコー大学へのプチ留学から帰国したのです。

当時、私は航空会社系の情報システム会社に勤務していました。この会社の社長、木村　建氏は爽やかな印象と自然な演技で売れっ子の女優、木村佳乃さんの父親で、本人も長身、人間的なスケールも大きさを感じさせる人です。人の意見にもよく耳を傾け、定年を目前にした私の長期休暇の申し入れを、快く承諾してくれました。休暇の目的は三〇代の始めにモスコーに駐在した私が、ソビエト崩壊後のロシアの変貌を見、確認し、学生時代から学んでいるロシア語のブラッシュアップを兼ねた再訪問でもありました。

到着の翌日は、五月五日のこどもの日。私は久しぶりに自宅の裏手一キロほどのところに流れる利根川の川岸に立ちました。川岸から対岸の取手市までは、ポンポン船の渡しが二〇分に一回程往復し、両岸を結んでいました。

五月晴れの青空が広がり、新緑が辺り一面を覆うその日、私はその舟に乗り対岸に渡ることにしました。舟を降りた直ぐのところに、テニスコートなどの運動公園があり、打ち合うテニスボールの音がポンポンと明るく響いていました。川に沿って下ると、東京芸大のキャンパスがあり、その前に数キロの細い遊歩道が続きます。この遊歩道は散策する人がまばらで、秋になり、ススキの穂がでる頃になると、川風と共に、サラサラと音を出し、風情というよりも、静寂感をもたらします。

この遊歩道が終わりに差しかかるところに、昔から営む古い蕎麦屋さんがあります。

モスコー市内には、五月に入っても街に残雪があり、肌寒さを感じる日もありますが、日本では、広がる若葉の緑が目に染み、久しぶりに食した蕎麦の味と舌の感触、お銚子の味。日本人に生まれてよかったと感じる、ひと時でした。

蕎麦屋を出て、更に利根川べりを歩いて下ることにしました。

しばらく進むと小さな川があり、その川から幅一メートルほどの堰に急流が注いでおりました。時差ぼけもあり、暫く、なんとなくそこに立ち、堰の流れを見ていました。すると突然、鯉が元気よく跳ね上がり、何度か回転しながら反対側の、少し水を張った水田の中へ、落ちていきました。

水が浅いため、泳ぐことができず、最初は飛び跳ねていた鯉も、やがておとなしく横になってしまいました。

このままにしておくと、やがてここに来るであろう農家の人に、捕まってしまうと思いましたが、さりとて助けるために、水を張った田んぼに入る気にはなれません。どうしたものかと思案しながら、暫くその場所に立っていました。

その日は、丁度、子供の日の祝日、鯉の日でもあることを考え、結果として、靴を脱ぎ、ズボンを捲り上げ、水田の中に入ることにしました。しかし、静かに近づいた私に、鯉は驚いたのか、再びバタバタと暴れ出し、メガネや衣服は泥水に、まみれてしまいました。

私は、「何だよ」と思いながら、いったん田んぼの外に出ることにしました。先ほど立っていた所から、暫く鯉の様子を見ることにしました。どうせ誰かに捕まってしまうであろう鯉の運命を考え、このまま家に帰ろうかと思いました。それから一五分位経ったでしょうか、鯉は飛び跳ねることを止め、再び、浅い水の中で静かに横たわっていました。

近くを通る人はほとんどありません。私はもう一度田んぼの中に入り、救出する?ことにしました。再び捕まえることを試み、鯉のヤツが暴れたら、それも鯉の運命、そのまま、その場所を去ることに決めました。

ズボンを先ほどより、もう少し上まで捲り上げ、上半身も下着一枚になり、本格的な救出体制を整えました。足は深くのめり込みましたが、そっと、鯉に近づきました。

今度は、自分の運命をあきらめたのか、それとも、先ほどから自分を眺め、近づいてくる人間は、人相が悪いが、どことなく人が良さそうで、自分を助けてくれるものと悟ったのか、近づいても、殆ど身動きしません。

四〇センチ以上はあるかと思われる、大きな鯉でしたが、抱きかかえるようにして水田から出て、高さが一メートル以上はある土手の下から、鯉が飛び出した流れの速い堰に、投げるようにして、戻してやりました。鯉の姿は早い流れの中に、すぐに見えなくなりました。

小川で泥にまみれた手とメガネを洗いましたが、その場所から自宅までの数キロは、鯉の生ぬるい、魚くさい匂いは消えませんでした。しかし、ほっとした気持ちにもなっていました。

我孫子市内へ帰る、利根川の土手沿いの道から見える、新緑は、一段と爽やかに感じられました。

翌日、五月六日、久しぶりに会社へ出社。

その日、関東地方のある私立大学より、定年を迎えたら教鞭を取らないか、との予期せぬ連絡を受け取りました。今まで殆どの仕事が営業関係で、企業人として、営業成績の向上などに努めてはきたものの、アカデミズムとはかけ離れた日々で、若い学生と良い接点が持てるか、との不安と、少しの戸惑いもありましたが、二つ返事で承諾することと致しました。

繊維会社、航空会社、その関連の、海外パッケージ旅行商品販売の会社、情報システムの会社等の勤務を経て、翌六月に定年を迎えることになっていました。

それが、思いがけず、第二の人生を大学ラグビーや野球、サッカー、そして吹奏楽でも活躍する、学生数約五千人超の大学の専任講師として教鞭をとることになったのです。

鯉との出会いの、その場所は、車を利用し、キャンパスへ通う、県道から数百メートルほど入った所にあります。講義が思い通りいかない日や、逆に学生の反応が良い日には、少し遠回りになるが、この場所に立つことがあります。あの鯉はまだ、生きているのか、それとも既に食べられてしまったのか。鯉ヘルペスは大丈夫なのか、などと思い巡らせるのです。時間はまだ、それほど経ってはいませんが、遠い昔に出会った、懐かしい恩師や友人を思い浮かべる時に似たような気持ちになりながら。私に、若者と接する喜びや教えることの難しさ、楽しさを感ずる機会を与えてくれたのは、あの鯉との出会いが、きっかけだったのではないのか、などと密かに鯉に感謝しながらも、ここに立っています。

人間は日々、色々な人や出来事に巡り合い、喜び、悩み、苦しみながら生きています。この繰り返し、積み重ねが人生なのでしょう。

江戸時代、大黒屋光太夫とジョン・万次郎は共に暴風雨に遭い、一方はロシア領の、漂着した小島の島民に、一方はアメリカの船に助けられ、苦難の末に、帰国の夢を果たしました。

時代背景が異なり、帰国した二人の運命には、大きな明暗の差が生まれました。

しかし、二人とも、はるか遠いロシアと米国の地で、様々な人々や文化、自然、異なる習慣などに触れ、時には喜び、そして、苦しみ、悲しみ、数多くの出会や別れを重ねたことでしょう。

短期のプチ留学でのモスコー、サンクトペテルブルグの両訪でしたが、何らかの影響を与えられ、小さくとも得るものがあったと思っています。

第一章　わが心の中の坂本　九ちゃん

「坂本　九チャン」は生前、最大の人気歌手の一人であり、アイドル歌手であったことは、多分、四〇歳以上の殆どの人がご存知だと思います。明るく、親しみやすい人柄で、その人気は長く続きました。戦後、日本経済も復調し、グループ・サウンズ全盛期のトップ歌手の一人で、〝上を向いて歩こう〟をはじめ、次々にヒット曲を出していました。

この〝上を向いて歩こう〟は、米国でも〝スキヤキソング〟として、ヒットチャートでトップを行くほど人気が出たものです。

今でも、坂本　九チャンの〝見上げてごらん空の星を〟を聴くと、胸に迫ってくるものがあります。

私は群馬の桑畑に囲まれた、小さな町で幼い日々を過ごし、高校を卒業するまで、そこに住んでいました。当時でも、群馬県には地方では珍しい（確か戦後、地方では京都に次いで二番目に古いと聞いていすが）プロの交響楽団があり、年に一回程度は古い木造校舎に来て、演奏会を開いていました。体育館もなく、私たち小学生は教室の床に座り、その交響楽団の演奏に聴き入ったものです。

ほとんどの日本人が、飢えを凌ぐのに精一杯の時代でしたが、生演奏の楽器の音色は幼いながらも、心に響く何かがありました。

やがて、中学生になると、群馬交響楽団の活動をモデルにした、岸　恵子さん等が出演する〝ここに泉あり〟という映画が製作され、課外授業で、片道四キロほどのところにある、隣の町の映画館に、全校生徒が徒歩で、鑑賞に行くことになりました。

この映画の中に、初めて見るラブシーンもあり、そのシーンを見た多感期に入り始めた私たち生徒には、大変、刺激的で、館内でワーワーと大騒ぎしたものでした。しかし、同時に、この映画は音楽の良さ、素晴らしさにも触れさせるものでした。

幼い頃の私は、鉄道をはじめ、乗り物に強い興味をもち、鉄道の運転手になるのが夢でしたが、その一方で、「交響楽団の音楽家もいいなー」などと密かな夢を思い描いたりもしました。

高校生になると近所の家から流れる、今では死語となってしまった電蓄から、エルビス・プレスリーやパットブーンの曲が耳に入るようになり、外国人歌手の歌に興味を持ち始めていました。今まで余り聴いたことのない、米欧風の新しい旋律やリズムが耳に届くようになっていました。

プレスリーやパットブーンの人気も一段落する頃、ポールアンカという歌手が日本公演で来日、少し後ろめたい気もしましたが、近所の人に夜行列車で、東京へ連れてきてもらいました。

会場は浅草の大きな劇場でしたが、入場券を手にするために、夜中の三時頃から行列の前の方に並びました。混雑して、入場時の押し合いの怖さは今でも覚えています。

その後、都内の私立大学に入学することとなりました。米ソが厳しく対峙する冷戦時代でしたが、中学生時代に考えた、ロシア文学のツルゲーネフを原書で読むこととして、ロシア語学科を、部活では音楽、特にジャズに触れたいと思い、吹奏楽部を選びました。

そして、下宿は知人の紹介により、渋谷駅から山手線の内側に少し入った、青山学院や国学院大学が近くにある、静かな住宅街の一角に決めました。

夏休みに入り、近くに住む知人の家族と、その頃、人気を誇った坂本　九チャンのライブを、渋谷のジャズ喫茶に聴きに行くことになりました。トップ・アイドルのグループでもあり、紙テープが舞う、熱気のあるステージでした。

それから約三〇年が過ぎました。

学校を卒業し、幾つかの職場を経て、広島で勤務することになりました。

広島は瀬戸内海に面した、歴史と伝統、厳島神社などがある、風光明媚な街です。近くの海で取れる海産物も豊かで、特に白身の魚や、小魚、カキなどは格別の味です。お酒も、全国的に名前の知れた銘柄が多く、人々の気質も、頑固な、いわゆる広島弁でいう「いなげ」な人もおりますが、人情もあり、住みやすい町です。近くの港に揚る地の魚を、毎朝、リアカーで運び、大きな声で売りに来るお婆さんの姿は、活きの良い、取れたての魚、そのままを彷彿させます。

広島は社会人として、最も永い年月を過ごした町ですが、ここでの生活も約六年を迎えていました。住みやすい街ですが、そろそろ転勤したいとも思っていた時期でした。夏のある晩、時々訪れる〝チャリーミンガス〟という、脚数が八個程の小さなスナックで知人と談笑しておりました。この店の主人はもともとが、東京のビッグバンドのベイス奏者で、自分の店を広島に開いた時、バンドで活躍した若い時代の思い出から、世界的なベイシストの名前を店につけたとのことでした。主人はベースを主とする曲を店内で演奏していましたが、店を訪れると、この主人とは、主に音楽の話などをしていました。

その日は小雨が降っていて、店の客としては、知人と私の二人しかいませんでした。

店のドアが開き、一人の人が入って来ました。その人はどことなく見覚えのある顔で、よく見ると、それは坂本　九チャンでした。

九チャンはオーダーをして、その後、一人で静かに食事をしていました。

テレビ番組の仕事で、広島に来たようですが、若い頃、渋谷のジャズ喫茶へ生演奏を聴きに行ったことを伝えると、九チャンは静かに笑っていました。人気絶頂の頃と異なり、年齢も重ねたこともあるのでしょう、あるいは、明日の仕事があるためか、その時は、口数の少ない、物静かな人という印象を持ちました。

しばらくして、九チャンが御巣鷹山で起きた、航空史上一機あたりでは、世界最大といわれる事故機に搭乗していることを知らされました。そして、その事故現場は私の故郷の近くの山中で、さらに、私は痛恨の事故を起こした航空会社の広島支店の社員でもあったのです。

〝見上げてごらん夜の星を〟の歌が聞こえてくると、今でも、胸が熱くなります、小さな店で、偶然会い、少しだけ会話した、あの夜の九チャンの姿が思い出され、ひとり、心の中で「御免なさい」と言っています。そして、毎年、八月一二日の夕刻になると、九チャンや、この事故で亡くなった方々のご冥福を祈ります。

人の世は思い通りには行かず、平坦ではなく、苦しみや悩みが伴うものです。

私自身も、人に迷惑を掛け、お世話になり、うつむき加減になる時も多くありました。しかし、これからの日々、何かできることで世の中にお返し、「上を向いて」歩んでいければと思います。

九チャンの霊よ、どうぞ安らかに。そして、一旦、起きてしまうと、多くの人々や、残された家族の幸せを奪ってしまう、航空機や交通機関の安全運航、安全運転を願っています。

第二章　学生時代、ロシア語と音楽

還暦を前に、プロのサックス奏者に変身した、アンパンさん

高校を卒業すると、私は、JR四ツ谷駅近くにある、私立大学のロシア語学科へ入学しました。クラブ活動は、最初、テニス部へ入ることにしました。

しかし、ツルゲーネフを原書で読もう、と始めたロシア語は、最初の段階で躓いてしまいました。名詞と形容詞の語尾や格変化は複雑で、ロシア人の先生から、毎回出される宿題は山のように多く、次の授業で、それを忘れようものなら、よく判らないロシア語で厳しくなじられる。

一方、校外では安保闘争が始まり、数キロ先では国会に向かうデモ騒ぎ。クラス内でも、学生は国会へ行くべきだ、否だ、との議論も起きました。はっきりとした理由はよく判りませんが、自ら命を絶つクラス・メートも出ました。

中学・高校から続けたテニスは、硬式に変え、集中しようと思いました。

現在では、トップ・スピン的な打ち方は、普通になりましたが、軟式から急に変わったためか、打つ球全てがホームラン性。危うく、四ツ谷駅の中央線の線路まで、飛んで行って仕舞わないかと危惧されるほど、大きな弧を描いて遠くへ飛んで行ってしまいました。

クラスの仲間の学習意欲は、高さを感じましたが、どことなく、イメージしていた大学生活とは異なり、馴染めず、授業はあまり面白くありません。現役で入学したとの甘えにも似た気持ちもあり、結局、

入学数ヶ月にして、休学することにしました。

休学中は、読書やクラリネットの練習、時には、「五つの銅貨」、「ショウほど素敵な商売はない」などの、アメリカのミュージカル映画やソ連作品の、「誓いの休暇」の鑑賞などで過ごしました。

一人で過ごすことが多く、自由な、貴重な時間でしたが、渋谷や新宿などの、繁華街の喧騒の中を歩いていても、「このままでいいのか、意気地なし」、という声が、自然に湧き、自分に問いかけます。不眠症の影響も、少しありましたが、これは、挫折とも感じていました。

半年程しての休学ですが、この間に学んだことで、心に残る言葉が一つあります。

それは、イタリア人の神父さんからですが、「君たちは、ロシア語を学んでも、将来、決してスパイの人生を送らないで欲しい。その末路は惨めだから」という言葉です。

若い頃に、ロシア人からロシア語を学び、この神父さんは、六ヶ国語ほどは話すとのことでしたが、大学の理事長も務めた先生で、この言葉は、その後の私の人生の中でも、大きな意味をもって、生き続けました。

そして、中学生時代の教育実習の先生の授業と、「ここに泉あり」の映画を思い出し、「翌年、原点に返りロシア語を、そして、ブラスバンドに。石に噛付いて頑張ろう」、と決意し、復学しました。

ブラスバンドでは、クラリネットを吹きたいと思い、吹奏楽部の門を叩きました。

クラリネットを担当したいと言うと、最初の面接に、そのセクションのリーダーをしていた、身長もそれほど、大きくない、正直に言えば、背の低い、小太りな先輩が出てきました。

この人は、アンパンこと、高橋三雄さんで、入部すぐに、湘南の出身であることを知りました。

「湘南ボーイや湘南族」という言葉も流行りだした頃ですが、このアンパンさんは、一見しただけでは、その湘南ボーイを、決して、連想させません。

湘南族というと、石原裕次郎さんや加山雄三さんなどの、どちらかと言えば、長身の人を想像しますが、アンパンさんは、それらのイメージの想定外と言えるでしょう。

神奈川県下の、どの町の範囲を湘南というのか私は、定かではありませんが、アンパンさんは横須賀生まれで、語尾も「……ジャン」という言葉を頻発するので、湘南出身の一人と言っても良いのでしょう。

アンパンさんは幼い頃から、クラリネットのプレイを始め、二年生でありながら、このバンドのコンサートマスターを務め、上級生を中心として演奏する、フル・バンドのテナー・サックスも担当していました。

どこからともなく聞こえる、ジャズの音色に合わせて、クラリネットで、譜面を見ずにアドリブで、難しいメロディーも、いとも簡単に合奏してしまうのです。音楽では、アンパンさんの前では、私は全く田舎者の、いわゆる芋にも映りました。

時々、パートごとの個人指導が行なわれます。個室で、先輩部員が後輩に指導するのですが、当然、クラリネットはアンパンさんが指導します。

最近は、中学や高校で、いや、小学生から、吹奏楽のバンド演奏に人気があり、テレビ放送の番組も、数多く放送されるようになり、結構なことです。が、鬼教官の罵声が飛び、先輩のしごきに耐える、涙ながらの後輩という内容が、主なシナリオのようです。

各楽器が持つ、独自の美しい音色を出すことも重要ですが、吹奏楽はチームプレイが大切で、強弱や三連譜の正しい演奏など、基礎的な練習の積み重ねが必要です。

アンパンさんの指導方は、シツコイとか、ネチッコイというものではないのですが、忍耐強く、決して怒ったりはしません。但し、こちらが、少し難しいフレーズにぶち当たると、「貸してみろ」、と言って、今まで吹いていた、クラリネットを取り上げて、難なく、プープーと演奏。

そして、このように吹くのだと言って、濡れたままのクラリネットを返し、そのまま、吹くように指示します。先輩の前で、濡れたマウス・ピースを拭くことができず、これだけは嫌だという、抵抗感を持ちながらも、言い出せず、再び練習を始めました。

ある時、一年後輩の増田君と共に、アンパンさんの横須賀の自宅に呼ばれました。

アンパンさんの家は、京浜急行の横須賀線の追浜駅を降り、徒歩数分のところにありました。

お宅はせんべいや菓子パンなどを売る店でしたが、アンパンさんの部屋の直ぐ後ろに、京急の線路があり、電車が絶えず走り、通過するたびに、部屋はガタガタ、ミシミシと揺れました。

冬の季節で、石油ストーブで燗をしたお酒と、スルメで、終電が終えても、遅くまでしゃべり続けました。音楽、それも、ジャズの話でした。

アンパンさんの魅力は、音楽の分野だけではありませんが、視野の広さ、知的柔軟性、人間理解力、チャメッ気など、あらゆる面で、真の湘南シティー・ボーイであると思いました。（最初、見ただけでは、その印象は、全く持てませんが。）アンパンさんの家を訪ねた夜、できれば、一生続く交友関係を持ちたいと思いました。

アンパンさんは、卒業をひかえて、プロの演奏家になろうか、随分と悩んだようです。

しかし、サラリーマンの生活に進みました。

やがて、五〇代半ばにして、プロの演奏家の道を選びました。やはり、若い時代の夢を、棄て切れなかったのでしょう。しばらく、ニューオリンズでジャズの勉強をし直して帰国すると、プロを目指す若い人を集めて、自分のバンドを作りました。

現在は、新宿や、六本木、厚木、その他の場所で、ライブの演奏活動を行いながら、空いた時間は、青少年、あるいは若い時代に、一度は、サックスを吹いて見たいとの夢を抱いた、中高年層などにも、指導を行なっています。

毎年、春に開かれる新宿ジャズ・フェスティバルでは、実行委員を務め、演奏の他にも、苦労を厭わない活動をしています。

二〇〇五年の夏に開かれた、新宿駅開設百周年の、駅頭での記念ライブでも、大勢の聴衆の前で、エネルギッシュな演奏を行い、大きな拍手を受けたようです。

時たま会い、しゃべる場合でも、小気味良い言葉の切れ味、飾らぬ口調、人柄の丸さ、笑顔で、直ぐに、三〇年ほど前に戻してくれます。でも、決して軽い人間性の人とは思えません。

アンパンというあだ名も、中学生時代に付けられたとのことですが、性格や体型から判断しても、当を得ており、最初にこのニック・ネームを付けた友達を含み、やはり、湘南族はセンスがあると言えるでしょう。還暦を過ぎても、同じニック・ネームで呼ばれ続けるのは、変わらぬ人間的な魅力を失わずに、過ごしていることの証明にほかなりません。

アンパンさんは、毎月、ライブのスケジュールと共に、メールでエッセイを送ってきます。最近、送られてきた中に、次のような文章があります。

彼は、ジャズをどのように理解し、どんな気持ちで演奏しているのかを、述べるくだりがありますので、ご紹介してみたいと思います。題は、欲しい唄心（うたごころ）というものです。

『ジャズの醍醐味は何と言っても、アップテンポのスインギーな演奏だろう。

ノリの良い演奏で、体が動いてくる快感は何にも代え難い。しかし、その合間にしっとりしたスローバラードを聴くと、これがまた、たまらなく良いものだ。スローバラードは殆ど、ラブソングと言って良い。それだけに奏者には技術だけではなく高度な「唄心」が求められる。唄心とは「感情表現力」とでも言えようか。

昔、良く先輩ジャズメンに「スローバラードが吹けなけりゃ、一人前じゃない」と言われたものである。私は、なるべく演奏する曲の歌詞を理解した上で、感情表現することを心がけている。というのはラブソングの中にも「好き好き」というハッピーな内容から、失恋の悲しみの曲に至るまで様々だからだ。勿論、ラブソングが全てスローバラードとは限らないが、唄心はスローバラードでより鮮明に表れる。ラブソングを吹く前には、まず大きく息を吸い込んで、曲の内容に侵りながら、気持ちを込めて吹く。更に唄心に加えて「豊富な恋愛経験」という「素養」が加われば、曲は一層、艶と色気を増すことだろう。しかし、残念ながらこの「素養」を私は持ち合わせていない。』

都内や神奈川県のライブハウスでアンパンさんの演奏を耳にした方は、結構多いと思いますが、これは、入部早々、個室でクラリネットの指導を受けた先輩が、約四〇年後に書いた文章です。

体が比較的大きいため、一年を経たずに、私はサックスのパートへ異動となりました。楽器を数時間も吹き続けると、のどが渇き、その後は、仲間としゃべりたくなります。

後に、音楽雑誌の「ジャズライフ社」を立ち上げ、現在は中国語の翻訳などでも活躍する増田一也君と私、アンパンさんの三人は、練習が終ると学校近くの、安い飲み屋に集まり、青二才的な談義を始めました。当然、主なテーマは音楽ですが、三名の、音楽に関する知識、感性、姿勢には、当然、月とスッポンほどの差がありました。しかし、この三人での語らいや、ブラスバンドの仲間との交わりを通し、徐々に学生生活に慣れていきました。

東京オリンピックでのロシア語通訳の間を除いて、このブラスバンドに六年間在籍し、自分の落ち着いた居場所を、この部室に見付けました。

特に、春休み、夏休み中の合宿を通じて、仲間意識も強まって行ったものです。

初めての夏合宿は十和田湖。夕方、最上級生が湖面に向かって吹く、トランペットの「スリーピー・ラグーン」の曲にはしびれました。

続く長野の野尻湖畔。長い合宿の打ち上げでは、部員が演じた出し物の品位が良くないと、顧問のアメリカ人神父さんを怒らせてしまいました。

東京駅から各駅停車で向かった、瀬戸内海を望む、広島での夏合宿。疲労と食中毒が重なり、多数の部員がダウン、その後予定される、九州内、数都市での演奏会の実施が危ぶまれ、皆で悩んだこと。有名なアメリカの超一流のビッグバンドの東京公演、入場したくてもお金がなく、裏方のスタッフになりすまして、夜の公演まで、数時間トイレに身を隠して、夢を達成した辛抱強く、アイデアに富む者。

テレビ放映がはじまる前のその昔、ラジオ放送中は、街の風呂屋さんがカラッポになってしまうと言われるほど、超人気のドラマがありました。同名のテレビの連ドラの主役を務めていた、売れっ子の美人女優を連れて、学生の身でありながら、自慢げに部の後輩に紹介する、都内出身のハンサムな、トラ

ンペット　パートのT先輩などもいました。

桑畑の多い田舎から出て来た者にとっては、羨ましいかぎりで、どうすれば、あのように「同じ学生でもてるのか」、などと思い巡らせたものです。この先輩は、都内でも名の知れた私立高校を卒業し、垢抜けていて、その上に話題が明るく、能弁なのです。多分、この女優さんの心も、話のテクニックで掴んだのでしょう。

ペット奏者としての技量は、いま一でしたが、約四〇年過ぎた現在、ＯＢ会のまとめ役にも労を厭わず、迷司会役も果たしてくれます。

トイレに隠れていた仲間の一人は、既に亡くなってしまいました。

童心とイタズラ心に富みながらも、何かを作っていこうとのブラスバンド部の雰囲気でした。現在では、還暦を迎え、頭の上は、共に白く、寂しくなりましたが、久し振りに会っても、会話はすぐ昔に戻ります。


音楽に関しては、後に作曲家になった仲間もいますが、五〇歳を半ばにして、ジャズのサックス奏者に転進したアンパンさん、音楽雑誌の「ジャズライフ」の発行責任者で、音楽評論などで、活躍する増田君、この両名との交友を通じて、音楽という奥行きの深い世界の、玄関口のところまでは、たどり着けたと思っています。

ロシア語学習、楽器の演奏の上達に、共通して必要なことは、休むことなく学び、練習を続ける事。レンガを積み重ねるような、繰り返しの努力が、大切なことに思い至りました。

プロには、この努力の上に、センスというものが必要なのでしょうが。

ロシア語の学習にも励むことを、自分自身に言い聞かせましたが、ブラスバンドの活動の中で、平常心の学生生活を取り戻せました。

ジャズのプレイヤーにとって大事なことは、アドリブ力だそうですが、後の章で登場する、バードマン幸田こと、幸田　稔さんもプロの奏者を目指したそうですが、アンパンさんを、「アドリブ演奏の天才」、と評しています。

最近、日本国内では、小学生から、中学、高校生と吹奏楽部の活躍がブームとなり、情操教育上も意味があり、好ましいことです。将来、プロのミュジシャンを希望する若者も多いようです。還暦を前に、プロに変身したアンパンさんは、音楽を愛する若い人達の魁かも知れません。

私が学生生活で、最も長い時間を費やしたのは、ロシア語の学習と吹奏楽の練習です。ここで、一番に学んだことは、継続することの大切さということですが、お陰で、年月が経ち、ロシア語を楽しみ、楽器の演奏を楽しむ時間を持てるようになりました。ともに、入り口である、その玄関先に立ち止まったままの状態ですが。

昔、新宿での、私の結婚の披露宴では、アンパンさんに、数曲演奏してもらいました。

私の中のアンパンさんは、石原裕次郎さんや加山雄三さんに近い人物像として、住み込んでいます。勿論、足の長さだけは、差はありますが。でも、人前で演奏するその姿は、私には威風堂々と映ります。

心温まる音質とアドリブ、感じさせる、スイングさせる、を心に秘めて、アンパンさんは新宿、六本木、横浜、藤沢などのライブ、時には新宿駅のイベントなどで演奏しています。音楽、特にジャズがお好きの方は、彼の演奏を一度聴いて見てください。

還暦を前にプロのサックス奏者に変身したアンパンさん。甘い音色、軽快なスイング、アドリブで心を捉えます。演奏を聴いた10名程の女性がリズムにあわせ踊り出しました。（新宿駅イベント広場でのライブ風景、写真中央）

還暦を前にプロに変身したアンパンさんを、きっと理解し、肯かれることでしょう。

アンパンさんの生き方に、以前に触れた、次の言葉を思い出します。

三十にして立つ。四十にして惑わず。
五十にして知る天命。
（論語）

少にして学べば、壮にして為すことあり。
壮にして学べば、老いて衰えず。
老いて学べば死して朽ちず。
（言志四録）

冗より閑に入り、然る後に閑中の滋味、
最も長きを覚える。
（菜根譚）

第三章　ドイツ人女性　ライムさん

ライムさんは私より一つ年上のドイツ人女性で、社会人になった時の英会話の先生です。笑顔が美しい、私が知るドイツ人としては（失礼ですが）、物腰、そして考えにも柔らかさが感じられる、ミニスカートが似合う女性です。「です」というよりも「でした」と言った方が正しいのですが。

厳しい指導で知られた、ロシア人のポドスタビナ先生の授業にも、なんとか付いて行き、喉から発する破裂音や、巻き舌を含み機関銃のように早口でしゃべる、ロシア語も理解できるようになりました。四年生の時に開かれた、東京オリンピックでは、埼玉の戸田ボート競技場でロシア語の通訳を務めました。

そのロシア語学科を五年で卒業、その後、経済学部に再入学し、ゼミは国際関係論が専門の先生を選びました。時には、皮肉で揶揄されることもありましたが、ユーモアもあり、ゼミの雰囲気は自由闊達をよしとし、人気のある先生でした。学生は男女ほぼ半数、全メンバーが積極的に自分の意見を述べる、明るいゼミでした。ゼミ長は私より入学が三年後輩のO・Tさんで、最近まで日本フライド・チキンの社長を務めた人です。彼は学生時代から、自分の意見や考えをはっきり主張するリーダーシップのある人物でした。当時から将来、日本経済や社会に、大きな影響を与える人物になることを予感させるような、存在感がありました。

やがて親泣かせの長い学生生活も終わり、就職しなければならない時期が来ました。

当時、海外旅行は未だ一般化していませんでしたが、一生に一度は海外へ行きたいとの夢を持ち始め、その夢を実現するのは航空会社へ入るのが、ベストだろうとも考えました。

ゼミの先生から推薦をもらい、履歴書を持って航空会社の人事部を訪ねました。残念ながら、結果はノーでした。学生生活が長く、三浪と同じで、新卒入社の年齢制限があり、この航空会社への入社試験を断念せざるを得ませんでした。そして、主にビニロンという化学繊維を作る会社に就職することとなりました。ライムさんはこの会社の親会社に、英語を教えに来ていたのです。

当時、化学繊維としては、米国製のナイロンが、衣料分野で広く利用され始めていましたが、ビニロンは日本に無尽蔵にあるといわれる石灰を主原料とし、発明・開発した繊維です。

学生の間では繊維産業は、当時、人気のある業種のひとつで、できればこの繊維会社で、学んだロシア語が生かせればとも、内心思っていました。

同時期、十数人の仲間が入社しましたが、慶大修士卒の、Y君と私以外は技術系の人で、工場での三ヶ月の新入研修が終わると、本社の輸出課へ配属されることとなりました。

学生時代、あまり英語の授業を真面目に履修しなかった私は、輸出業務にアサインされ、それも主な仕事は、商用英語を書くことだと聞き、最初、心細さと不安を感じました。

しかし、その時、自分に誓ったことは、仕事に慣れることに加え、会社へは朝一番に出社し、同じフロアーの全てのゴミ箱のゴミを捨てるということでした。理由は、心身ともに疲れさせ、睡魔を体に引き寄せることが必要、と考えたからでもありました。

親会社は戦前戦後を通じ、日本の繊維業界では、最も操業の古い会社のひとつで、挨拶や礼儀作法、電話の応対、仕事への姿勢、社員教育なども厳しい指導を行い、どちらかと言えば、古い社風の印象の会社でした。

特に営業担当の上司の部長は、ニューヨーク滞在十数年に及ぶ、国際感覚に富む人でしたが、一方、細面でカミソリのような鋭さを漂わせ、仕事の処理が期待以上に遅いと、直ぐに檄を飛ばす人でした。課長は、部長に比べると穏やかで、口数は少ないが、説得力と共に、ウイットにも富み、誠実な仕事振りから、得意先である外国系商社からも人望がある人でした。

パソコンのワードが普及していない時代で、文章力があり、綺麗な文字を書く人で、業務文書を書き慣れない私は、何度も書き直しを命ぜられ、ぐっと涙を堪えたものです。

最初の仕事は、日本が開発した温水で溶ける繊維に、海外から来た商品問い合わせに対し、お礼の英文を添えて、見本品を海外へ送ることでした。正式な注文がくると、当時の通産省に輸出許可の申請を行い、船積み。時たま来る、取引先からのクレームには、弁解やお詫びの文書を出すなど、いわば、輸出業務の基礎的な仕事でした。

商業英文書きに苦労する日中の仕事では、「鉄は熱いうちに打て」とばかりに、上司・先輩から細かい指導を受けましたが、残業の後は、食事にもよく誘ってもらいました。

会社は東京駅近くにあり、新入社員でしたが、銀座方面にも連れて行ってもらったものです。

部長の奥さんは、同じくニューヨークで学んだ、日本人としては、ジャズダンスの草分け的な存在の人で、昼間とは異なった場所での、国内外での、色々な経験談は垢抜けしており、社会人になり立てで、どちらかといえば不器用といえる私にとって、話しの内容には興味があり、刺激的でした。何がなんでも、将来、海外へ行くぞ、行ってやるぞ、という願望が強く沸いてきました。

前述の通り、古く、伝統的な雰囲気のこの会社のグループは、仕事への指導は厳しいものの、若い社員への教育、育成は熱心で、夕刻、英会話の先生を雇っていました。

しかし、最初、若い社員の受講者も数人はおりましたが、仕事の忙しさや残業で、参加者は徐々に減っていきました。私はといえば、自分の英語力に内心、不安をもっていて、商業英文向上のため、石にかじりついても、に似た気持ちで、この英会話のレッスンに参加していました。

本音はM部長から発せられる、言葉の石礫が怖く、出来る限りその数を減らしたかったのです。

英会話の先生は、ドイツ人のライムさんという女性で、日本人とほぼ同程度の背丈の人でした。ライムさんは六歳の頃、英国・ロンドンに両親と渡り、成人してからはインドにあるドイツの製薬会社の秘書を務めた、笑顔の美しい、上品な感じの女性でした。

インドでの数年の仕事を経て、日本に赴任。昼間の仕事を終えてから、アルバイトで英語の指導に来ていたのです。

時としてマンツーマンで教えてもらう機会が多く、みるみるとはいかないまでも、少人数での受講のため、会話にも少しずつ、自信を持つようになりました。

この会社は、山の多い日本に、無尽蔵にあるといわれる、石灰を原料にして、世界でも稀な温水に溶ける化学繊維、（本来、繊維は、お湯に溶けては困るものですが、製紙工業や高級刺繍レースなどファッションの分野では、必要とされます）を作っていました。

お湯に溶けてしまった後は、眼に映らない商品で、また、扱う下着製品などにも、当時、若かった私は、少しテレを感じていました。

そして、「転職」という言葉が、密かに、心の中に芽生えていました。

そのような時期に、新聞紙上で航空会社が、求人募集をしていることを知りました。

「海外へ行きたい」という気持ちが、自分の心の中で益々、大きくなるのと共に、あまり得意ではないが、ロシア語を、使える仕事はないものかと、考えていた頃でもありました。

私は転職のための受験を決意しました。

筆記試験や数回の面接も、なんとか通り、最後の健康診断を残すのみとなりました。ところが、診断日直前、伊豆へ旅行した時、激しい食中毒に会い、ひどい腹痛と下痢。

案の定、健康検査で引っ掛かり、掴みかけた夢も「ハイこれまでよ」か、と思いました。

幸い、後日の再診の時には体調も戻り、どうにか希望の航空会社へ合格の内定を受けました。

転職試験の件は、会社には内密にしていましたが、ライム先生だけには、そっと、伝えておりました。

内定後、最初の英会話のレッスンで会った時、その日も受講者が一人で、ライム先生に、「航空会社への受験は成功であった」こと、「合格が最終確定したら、この会社を辞め、転職する」と伝えました。

筆記試験では、英語の配点比重が高く、先生の指導の影響も大きかったことを伝えました。

新入社員として、お世話になりっぱなしの会社へ、退職を伝えることは、心苦しいことでした。

最後の講義で、ライムさんに感謝の言葉を述べました。するとライムさんは笑顔と共に、英語で答えてくれました。「ユー・アー・マイ・プライド」と。

学生時代、英語の授業をあまり、真剣に受けなかったこともあり、勿論、今でも得意としませんが、私は英語で「ハロー」という響きと、「ハウ・アー・ユー」、「サンキュー」という言葉が好きですが、私の心の片隅に、今でも、この「ユー・アー・マイ・プライド」という声が、残っています。思い出して、少し恥ずかしいような気もしてきますが。

会社に退職願いを出す前日、転職したいことと、新しい会社名を上司に告げました。その時、上司から言われたのは「私には君の将来を邪魔することはできない」という言葉でした。「せっかく、世の中を知らない、全くの新人社員を育ててきたのに」と、内心、怒りにも似た感情を、持たれたことでしょうが。

転職し、少し時間が経った頃、私はライムさんと会いました。その時は、来日したインド人のフィアンセと一緒でした。インドの富裕な家族の出身とのことですが、長身で、顔の彫が深いハンサム、全くの「イケ面」でした。

余談ですが、私の結婚式は、二月の空っ風が吹く、群馬の故郷の町で行いました。

この町には樹齢、数百年の杉の大木が立つ神社があります。日本の、田舎での神前結婚式を、是非、見たいとのことで、ライムさんには、酒屋を営む、古い我が家に泊まってもらい、寒風が吹く中、式に出席して貰いました。

明治五年、この街に、官営の富岡製糸工場が開かれ、フランス人が技術指導に訪れたことは、広く知られていると思いますが、戦後、ドイツ人の女性が、この街を訪れたのは、多分、このライムさんが初めてだったでしょう。珍しさと興味からか、それとも、美しさからか、花嫁よりも、ライムさんの方に、レンズを向ける人が多く、私は少し気になったものです。

転職後、二年も経たない頃、モスコーへ転勤の辞令が下りました。ライムさんがドイツへ帰国する時には、必ずモスコー経由にするように伝え、赴任しました。現在のように、Ｅメールが無く、電話のやり取りも、不自由な時代でしたので、モスコーでライムさんと会う機会は、ありませんでした。

その後、ライムさんはドイツに一時帰国し、そのインド人と結ばれ、インドへ移り住んだと聞きました。

すでに、三〇年以上の年月が過ぎました。数年前、私はモスコーを経て、ドイツへ旅行する機会がありました。できればライムさんに会いたいと思い、前の会社を通じ、以前ライムさんが勤めていたドイツの会社に、現在の居住場所を調べてもらいました。残念ながら、不明とのことでした。

私は、ヨーロッパでも、特にドイツが好きで、ヨーロッパへ行く機会があれば、できる限りドイツを訪れ、その町並み、広い森、紅葉、ドイツの鉄道の旅などを、愉しむことにしています。

できれば、偶然、ライムさんに、どこかの町で会えるのではないかなどと期待しながら。

ライムさんは今どこにいるのでしょうか。できれば笑顔が美しく、優しかった、あのライム先生にもう一度、お会いしたいものと思っています。

会っても、多分、「英語は相変わらず、上達していませんね」、などと言われそうですが。

それとも、長い歳月が経った現在、会えないまま、若い日の、思い出の一つとして、心に留めおいた方が良いのだ、などと思ったりもしています。

私が、新入社員の頃、「外国の得意先から、尻尾を捕まれるような、下手な英文を書くな」と、何回も書き直しを命じたM部長は、既に亡くなりました。この会社は、初めて勤めた企業であり、社会人生活の基本や、繊維会社独特の、仕事を教えてくれたところでした。上司や、同期の慶大修士で政治学を学び、視野が広いY君などの他、この会社には忘れられない、二人の後輩がいます。

幸田君は、早大時代にはモダンジャズ研究会に所属、卒業して、この会社へ入ってきました。

新入社員の幸田君は、おとなしく、どちらかと言えば、あまり人前で話すのは得意でないような印象を与えていました。

数年の勤務後、幸田君は自分の夢を果たすべく、音楽好きの、OB仲間と資金を出し合い、新宿に、ジャズ　スポット「J」というライブの店をオープンしました。

大学後輩のタモリさんが創立以来、取締役宣伝部長を担当、一時、火災に見舞われるなど、苦労した時期もあったようですが、今までに渡辺貞夫さん、山下洋輔さんをはじめ、多数の有名なジャズ　プレイヤーが出演し、また、新人音楽家の登竜門としてのステージを提供しています。店をオープンしてから、すでに約二七年を迎えました。

ご自身も、バードマン幸田として、サックスの演奏も続けていますが、青森県の南郷サマージャズフェスティバルをはじめ、国内の数々のイベントの司会やプロデュースも担当しています。

同じ会社に勤めた、サラリーマン時代の幸田君とは、失礼ながら、想像もできないほどの変貌、活躍振りです。やはり、「水を得た魚」になったのでしょう。

ここまで来ますと、幸田君から、幸田さんと呼び方を変えねばなりません。

若い時代に抱いた、音楽との関わりを一生持ち続けたい、という夢を実現するためには、じっくり、ゆっくり、継続した努力を重ねることが大切なのですね。

幸田君と同期入社の、T君はその後、どうしているのだろうか。日本人離れした、長身、抜群のスタイルの良さ、学生時代には、アルバイトで雑誌のモデルもしていたとのこと。自宅を訪ねた時、部屋には、英語の検定試験一級で、全国一位を表彰する額縁が掛けられていました。

新婚生活も、緑の多い、大きな公園を望む、高台の数百坪の屋敷から始りました。私が、モスコーに赴任する時には、羽田空港まで自家用車で、送ってもらいました。残念ながら、その後は、音信不通になっています。

M部長やS課長、ライム先生などに、英文の書き方や会話を、一緒に指導してもらったT君にも、是非、一度は会ってみたいものです。

第四章　モスコーへ赴任

航空会社へ転職後の配属先は、国際線の座席の予約をコントロールする部門でした。繊維は奈良、平安の時代から商取引が行なわれ、明治以降も、日本の貿易の輸出入で、大きな比率を占めてきました。これに比べ、民間航空輸送は、戦後の新興産業であり、長い歴史を持つ繊維と異なり、仕事の内容や職場の雰囲気には、大きな差を感じました。

当時の国際線は、日本の表玄関といわれる羽田空港離発着で、勤務場所はモノレール羽田駅を降りて、東急ホテルを通り過ぎ、海側に向かった突端にあり、しばらく歩く必要がありました。

特に、強い風や激しい雨の日には、その職場に着くまで、結構苦労したものです。

飛行機が離陸した後の空席は、商品価値がゼロになり、航空会社は収益を高めるために、座席予約のコントロールは、便を満席で出発させることが理想です。売れていない便には旅客を誘導し、逆に定員を越え、売れ過ぎの場合は、空港で旅客に迷惑を掛けてしまうために、定員まで減らすように努め、時には、より大きな機材への変更を行ないます。

国際線の場合は、外国航空会社とのメッセージのやり取りが多く、コード化された、英語の略語も使用、早く仕事を理解し、慣れることが大切でした。

この頃、内外の航空会社へは、コンピュータシステムによる、予約端末機の導入が始まっていました。ＩＴ時代といわれる現在では、コンピュータは広く普及し、色々な職場で利用されるようになりましたが、一般には、手動の計算機を利用する時代で、異なる業界から移った身にとって、この端末を誤りなく操作することに、かなりの緊張感を覚えました。

世界的に、厳しい生き残り競争に晒される、現代の航空業界ですが、特に、航空大国のアメリカでは、収益の高い航空路線と、巨大なシステムのネットワークを持つ、アメリカン航空やユナイテッド航空などが、生き残ってきたと言われます。

昼間は、人の声や電話のベルが鳴り響く広い職場も、深夜のシフト勤務帯になると、男子職員が二人残り、静寂そのもの。決められた時間に、ルーティングワークを、正確、かつ、冷静に処理する必要があります。緊急事態が発生したような場合には、しかるべき対応が要求されます。

シルクロードといわれる、ヨーロッパ行き、南回り定期便が飛ぶ時代で、アジアや地球の裏側を飛び続ける、航空機の安全運航を、夜中の勤務の中で、静かに願ったものです。

羽田沖に太陽が昇り、空港周辺が明るくなると、早朝出勤の担当者が出社。引継ぎを終え、羽田空港のモノレール駅まで徒歩。再び、離発着を始めた滑走路から聞こえる、ジェット機のエンジン音も、疲れた体に心地よい響きに感じられました。

モノレールの座席に座ると、直ぐに睡魔が。そんな中でも、「早く飛行機に乗り海外へ行きたい」という思いが、過ぎて行きました。

上司からモスコーへの転勤内示を受けたのは、この仕事に就き約二年になる頃でした。

モスコーへの正式辞令が下りた時に、最初に思ったことは、「いよいよ来たか」ということでした。

学生時代ロシア語を専攻したが、成績は良くなく、後ろから数えた方が早い状況で、モスコーに勤務する時が、こんなに早く訪れることは、想像できませんでした。

話は少しそれますが、学生時代にロシア語の成績が優秀で、社会人になっても、日ロの間や、ロシア語で活躍するクラスメートは、たくさんいます。

卒後、直ぐに外務省に入り、長年、NHKのロシア語講座を担当、現在、母校の大学で教授として活躍する宇田文雄君、ロシア大使館の人が、驚くほど正確なロシア語を話し、ウクライナの大学で教鞭をとる平湯　拓君、JETRO勤務時代には、冷戦時代の旧東欧圏に駐在し、中・東欧経済にも詳しく、東北地方の私大で教鞭をとる土屋昌也君、女性では東海大学の山下万里子さんをはじめ、翻訳などで活躍する学友もたくさんいます。


正式な転勤の辞令が下りると、前任の先輩から、幾つかの連絡事項が届きました。

その中の一つは、必ず自動車免許を取ってくること。また、一年間は使用する、トイレットペーパーを持ってくるように、などでした。自動車免許は冬寒く、モスコー市内ではタクシーの台数が少なく、捕まえるのが難しいため、自分で車を運転する必要があるのです。

現在、ロシアでは、お金さえ出せば自由に、何んでも買える時代となりましたが、その当時は、社会主義の時代であり、軍需物資の生産が優先され、日用品の購入にも苦労する時代でもありました。トイレットペーパーの紙質は硬く、特に、寒さの厳しい冬の生活で、尻に悩みを持つことは、大変な苦労を背負うことになり、柔らかいペーパーを持参するように、とのアドバイスです。エンゲル係数の高かった我が家は、貯えがなく、日本食、日常品の調達や、さらに、自動車教習所の教習料も必要で、経済的負担は大きなものでした。それにもまして、免許を取るための疲労、プレッシャーを感じました。

前任の先輩の指示に従って、先ず、自動車免許を取ることにしました。

夜勤前後に、品川にある自動車教習場に、通いはじめました。夜勤明けの日は眠い目をこすりながらの練習で、指導教官にもよく怒られたものです。路上の仮免実地訓練は品川周辺の国道を廻るもので、長距離の貨物トラックの通行も多く、交通量の多さと共に、恐怖さえ感じました。隣の席の指導教官は、私以上に強い、恐怖感を持ったことでしょうが。仮免の試験は二回も不合格となってしまい、運転能力や判断力のなさ、貧困さを嘆いたものです。

普通、ソ連入国のための業務渡航のビザは、下りるまで約三ヶ月掛るといわれますが、社内規定では、ビザが下りたら、数日以内に出国しなければなりません。免許を取る前に、ビザが下りたらどうしよう、などと心配する有様でした。危惧通り、ビザは下りてしまいました。

しかし、丁度、ゴールデン・ウィークの時、ロシアでは五月のメーデーの祝日で、数日間はモスコー市内のホテルは、地方からくる議員さんのために予約が取れない。飛行機の方も有償旅客優先で、これも取れない。自分の意思からではなく、出発を延ばさなければならない状況だったのです。正直ラッキーと思ったものですが。

やがて、免許証を手にして、出発することになりました。出発は羽田空港でした。

離陸後、左に富士山を見、佐渡を眼下に、日本海上空を越え、シベリア大陸の上空を通過する約八時間の飛行です。冷戦の時代、これから始まる仕事や生活、待ち受ける環境の変化を想像し、少しの緊張感、そして、何が来ても驚かないぞ、という気持ちが沸いてきました。

到着したモスコーは、雪解けも終わり、五月の新緑の季節。北の国でも明るい太陽が輝き、ポプラ並木も新芽を抱き、やがて、柳の木からトーポリという、白く、小さな綿状のものが舞う季節でした。白夜も始まり、朝は早くから太陽が昇り始め、日の暮れも少しずつ遅くなり、どことなく、華やいだ雰囲気を感じさせました。

最初の住まいは、モスコーに旅行をしたり、駐在したことのある方なら、殆どがご存知の、モスコー川の畔にあるウクライナ・ホテルでした。このホテルには勤務する支店もあり、ここでしばらく生活することとなりました。

このホテルは、モスコーの日本人街とも言われたほど、日系企業の支店や事務所があり、十年近く住み続ける日本人家族もありました。昼時になると、ホテルの廊下には、魚を焼く匂いが充満し、特に、単身赴任の人には、食欲をそそる懐かしい匂いでした。しかし、この良き香りも、日本人以外の欧米系の人には、余り好感は持たれない臭いでもあったようです。

さすが、「くさや」を焼く人はいなかったようですが。

当時の日本とモスコー経由、ヨーロッパの間を飛行する航空機は、現在、国際線の主要路線で使用され、ジャンボと呼ばれる大型機は、導入されておらず、世界の空で、殆ど見ることがなくなった、定員が一五〇名程度のDC8型やB707型機が主で、ソ連のアエロフロート航空のみ、自国製のイリューシン62型機を使用していました。

航空機は毎日、東京から午後の三時頃到着、約一時間の駐機後、ロンドンやパリ、ローマ、フランクフルト、コペンハーゲン等の都市へと出発して行きました。やがて、夕方六時頃になると、前の日、これらの都市へ飛び立って行った、飛行機が折り返し到着。機内食や荷物を積み、給油等も終えると、再び東京へと戻って行きました。

離陸後、三〇分程で、東京行きの飛行機が水平飛行に入ったと思われる頃になると、市内支店の一日の仕事も無事終了、ホッとします。その主な理由は、一度離陸した飛行機が万一、再び、戻るようなことになると、搭乗されていたお客様の、宿泊施設の確保が大変なのです。

モスコーのシェレメチェボ空港の近くには、ホテルがなく、十数人程度の、主にトランジット旅客が宿泊できる、簡易施設しかありませんでした。市内のホテルも、ほぼ年間を通して満室状態で、（実際には空室があるのかは判りませんが）ビザの関係もあり、市内のホテルに部屋を確保するのは、殆ど不可能なのです。整備に時間が掛かり、時には一昼夜、空港内の、トランジットルームに休んでもらうしかなく、乗客に多大の迷惑と疲労を、強いてしまうことになってしまうのです。

ソ連では、物事が正常に動いている時は、良いのですが、一度、不都合な状態、異常な状況に陥ると、正常に戻すために、自由主義社会と比べ、二〜三倍の努力と忍耐を要求されるのです。ですから、その後の様々な生活の場面で、「ロシア人は我慢強い国民だ」と思ったものです。

仕事に慣れるにつれて、やはり気になるのは自動車のことです。

日本では、自家用車を持つことなど、考えませんでしたが、モスコーの駐在生活では、車は必需品です。

朝晩、車で大渋滞する現在のモスコーと異なり、時には書記長や、政府の高官が乗っていると思われる大型の車が、窓をカーテンで覆い、広い道路の真ん中を、走り抜ける事があっても、道路は、ほぼガラガラ状態でした。

最初は、住居と会社が同じホテル内にあり、また、着任した時は夏に向かう、最も快適な季節で、街をよく知るためにも、歩くことも余り苦になりませんでした。

五月から九月にかけてのモスコーは湿気がなく、快適そのもの。木々は競うかのように芽吹き、北の国特有の、夜明けが早く、まぶしい太陽が、直ぐに昇ってきます。そして、爽やかな風……。ポプラ並木、少し歩けば広がる森、そして、白樺の林。どこまでも広く続く緑の稜線。赴任前のあわただしい準備、免許取得に通った夜勤前後の教習所通い、着任後の業務の引継ぎ、それらも一段落。

今後に不安もありましたが、休日に白樺林や森、自然に触れることは心の慰みにもなり、安らぎを感じる一時でもありました。一瞬、ツルゲーネフの作品、「初恋」の世界に錯覚イン。

ロシアの自然の広がり、豊かさ、深さ、静寂、美しさに感動さえ覚えたものです。

ロシア語を学んだことに、一時期、後悔したこともありましたが、このような自然の中に立つと人の道の不思議さ、苦しくても諦めないこと、継続して学ぶことの大切さに思い致りました。

あ〜、ロシアの大自然よ！

私の知人の中には、ロシアという国の印象は、どうも暗くて、などと言う人もいますが、ソ連時代から、いえ、それ以前から、ロシアはアネクドートやユーモア、ここだけの話的なもので、結構、明るく、笑わせるもの、含蓄に富むものが多いのです。

飛行機に関する、一つをここで紹介しましょう。題は『飛行機の中の神父さん』です。

ある時、神父さんが、飛行機で旅をしました。スチュアーデスが機内サービスの時、神父さんに尋ねました。「神父様、何をサービス致しましょうか？」。神父さんは質問して、「お嬢さん、高度は、今どの位」。答えは、「三千メートルです」。神父さん、「それでは、お嬢さん、コニャックを一杯ください」。一時間程して、再びスチュアーデスが尋ねます。「神父様、もう一杯、お注ぎ致しましょうか」。神父さんは、再び質問します、「今、高度はどの位ですか」。答えは、「五千メートルです」。神父さんは、安心したのか、「それでは、もう一杯、コニャックを」。

さらに、一時間が経ち、スチュアーデスは同じ質問をしました。すると、神父さんも、先ほどと、全く同じく、「今、飛行機の高度はどの位」と聞き返します。彼女は「一万メートルです」と答えました。神父さん、「お嬢さん、それでは、コップ一杯の水を下さい」。それに対して、スチュアーデスは「よろしければ、もう一杯、コニャックは如何でしょうか」と言いました。

すると、神父さんは、「お願いします。でも、お嬢さん、どうぞ静かに！　上司のボスが聴いていると拙いので」。

この、アネクドートは、いかにロシア人は、どの人も、ウオッカをはじめ、アルコール、特にコニャックが好きかということが、お判りになると思いますが、その他にも、幾つかの意味深の、風刺が込められていると思います。皆さんは如何に解釈されますか。

少し、回り道をしました。先を急がねばなりません。

ロシアでは夏の、快適な季節は短く、九月に入ると、みぞれが降り始め、寒さが訪れ、冬に備えなければならないのです。先輩社員からも、冬が来る前に自家用車の手配をするように、強く勧められました。冬になると、気温がマイナス二〇度から三〇度程に下がる日があり、温暖の地に生まれ育った日本人には、戸外で二〇分程は、その寒さに我慢できても、それ以上は耐えられるものではありません。寒さしのぎに、アルコール度の高いウオッカなどに、頼り過ぎるのも、余り良いことではありません。

日ロの航空協定合意後に開かれたウクライナ・ホテル内の小さな営業カウンター。戦後の日ロ民間交流の始発駅といえるでしょう。東京から毎日朝刊が着くためニュースを読みに来られる方も多くおられました。(休憩時間に)

それにしても、政治、社会制度、もろもろの環境が、日本とはあまりに隔たりのある、モスコーでの生活がスタートしました。憧れていた海外駐在生活、思い描いた夢の生活が、開かれていくのでしょうか? どうか、良い方向へ進んで欲しいものです。

第五章　自家用車購入

—ヘルシンキから一、二〇〇キロ　恐怖?の運転—

人間の尺度・価値判断の基準は、人により、国により、あるいは、環境により、大きな差があるものです。ある人には近い距離も、他の人には遠く感じられ、特にロシアでの生活が始まると、それを実感させられます。ロシアは広い領土の国、温暖の島国に住む日本人と比べ、近い、遠いの距離感、物事の大小の問題、寒暖の判断など、その尺度はかなり異なります。人間はやはり、環境の動物と言わざるを得ません。

国や体制が違うと、提供される、サービスの質や程度も異なります。

クレームも、サービスを提供する側から、時には、「ニチェボー（何ら問題ない）」、などと、いとも、簡単に答えられると、気持ちを害することになりますが、事情の異なる異国の地では、やはり、「郷に入ったら、郷に従え」。外国では、逆に、教えられることも多いのです。

些細なこと、小さなことに、あまりクヨクヨしないこと。深刻にならないことも大切なのです。

特に、巨大なソビエト・ロシアでの生活では、気持ちの持ち方を、大きく変える必要があるのです。

先任者の家族が帰国する時、　後任者は前任者の住宅に住むことが、ほぼ習わしになっていました。

生活必需品もできる限り、残してもらいました。

しかし、水道や給湯管、部屋の壁などの内装工事、ロシア語でいうレモントが必要で、直ぐに入室というわけには行かないのです。ホテルを出て、アパートに引っ越すと、車は通勤、来宅する人の送り迎え、買い物、荷物の運送などになくてはならない物で、購入を急がねばなりません。

自動車の運転が好きではなく、京浜地区の仮免の路上練習は、スピードを出して走る車が多く恐怖心に襲われ、苦労した私に、自動車購入にも、幾つか問題がありました。

一つは購入資金です。転勤は航空会社への転職後、約二年で、その間、子供の誕生もあり、生活の苦しさは続いていました。特に、日本食が好きで、赴任時に最低、一年分の日本食の食材を持参する必要があると考えました。

前任者から、排水ポンプつきの洗濯機も、是非必要と言われ、現在と比べると値段も高く、少ない蓄えから購入。さらに、後から来る家族にも、少しの生活費を渡しておく必要もありました。

それやこれやで、赴任時に持参する軍資金？は心細いものでした。

車の購入資金は、帰国するまでに返済するとの条件で、会社のローンで対応することができました。

次に車種は何にするかということです。当時のソ連では、一般のロシア人が買う車は、イタリアのフィアット社との提携による、ジグリーという車で、予約後、納入まで約三年は要すると言われていました。この車はエンジン出力もあり、スピードも出せ、何よりも便利なのは、帰国の際の下取りは、この車が最も簡単なのです。理由は外国製の車は、外国人がソ連国内で、他人に販売することを禁じられ、帰国時には、外国へ持ち出す必要があるのです。

しかし、機械に詳しい整備担当の先輩社員によると、この車は意外にも、寒さに弱く、冬の路上などでの故障は、オーバーに言えば、命取りになる可能性もあり、運転の経験が皆無の私には、寒さにも強い、寒冷地仕様の日本車の方が良いのでは、とのアドバイスがありました。

また、車購入に、重要なことは、これから約三年間は使うことになる、部品の確保です。このジグリー車には、充分な部品の予備がないと言うのです。三年間必要とする車のパーツ等は皆目、判かりませんが、幸いなことに、同じアパートに運航担当の先輩社員、小寺基充さんが住んでいました。

航務の仕事は、航空機の安全と定時運航を図る部門で、離陸前、離陸後も、機長などの乗員との綿密な打ち合わせや、天候や気流の情報提供、飛行支援を行い、時には整備、空港の旅客担当者とも、密接な連携を必要とする業務で、ディスパッチャーとも言われます。

現在では、ノンストップ便を含み、日欧間の主要な路線となった、シベリア航空路ですが、彼によれば、このルートは、体制や気象条件が異なる、日本－ロシア－ヨーロッパを結ぶ長距離路線で、安全運航には、特に神経を使う、と聞かされたものです。

小寺さんは、もと、自衛隊出身とのことで、気骨がある上に、世話好き、明るく、話し上手、その上、何よりも、自動車について、並々ならぬ興味、知識を持っていました。

凍りついた道路での運転も、懇切にアドバイスしてくれました。私には、モスコーでの小寺さんは、「数千キロ離れた、遠いところに住む親戚より、同じアパートに住む小寺様」で、時には、神様にも見える存在の人でした。

そればかりでなく、単身赴任中は、日本食が恋しくなる頃、自宅にも、よく呼んでもらい、ご馳走になりました。

小寺さんは、「ロシアに住む上で、最も大切なのは航空機の安全運航、次は車の運転、特にスリップ事故を防ぐこと、ソ連が、日本にミサイルを発射することはないと思うが、駐在期間も満期を迎え、無事に日本に帰ること」ともよく言っていました。

その言葉の裏には、私が着任する少し前、総務マネジャーが、事務所の必要品や、日常品の調達のため、家族とともに、ヘルシンキへ出掛け、帰路の国道で、対向車のトラックと正面衝突、後ろの席で眠っていた子供さんは、かろうじて助かりましたが、運転していた奥さんと、助手席のマネジャーが亡くなる、という痛ましい事故があったからなのです。


結局、私はアドバイスに従い、寒冷地仕様の日本車を購入することに決めました。

しかし、問題は、日本車のディーラーが市内に無く、隣国フィンランドのヘルシンキに、事前に注文を出しておき、ピック・アップに行かなければならないことです。支店内では、前述の事故があり、片道、約一、二〇〇キロの道のりを運転することは、社内で禁止されていました。

(最近のニュースで、日本最大の自動車メーカーが、サンクトペテルブルグに、自動車の組み立て工場を建てるとのことですが、当時は、全く想像することができませんでした)。

距離は東京と鹿児島の間ほどもあり、道路地図もよく判らず、一人で車を取りに行くことに、心細さ、不安を感じました。その一方で、冬が来る前に、車の運転に慣れておかねばというプレッシャーも。若さも手伝い、「エイヤー」、何事も経験、ヘルシンキまで一人で取りに行くことを決めました。

禁止されていた、車でのヘルシンキ行きも、事故後、少し、時が経ったこともあり、支店長からの許可もおりました。行きは、ヨーロッパ内の各支店を統括する、欧州地区の支配人室がロンドンにあり、そこへの着任挨拶と、モスコー経由の航空便が離発着し、隣接の支店・空港とも、仕事上の連携が必要のため、打ち合わせを兼ねて、ロンドンへ飛び、その後、ヘルシンキへ渡り、車をピック・アップすることにしました。

最初、ピック・アップは一人で行う予定でした。しかし、理由は定かではありませんが、米国製の支店長車が、空港へ向かい走行中に、突然燃え出し、使用不能となり、急遽、代わりの車が必要となったのです。そのため、ロシア人のN運転手もモスコーからヘルシンキへと飛び、同じ自動車ディーラーで落ち合い、二台の車をピック・アップすることになったのです。

私にとってはラッキー。彼にモスコーまでの、初めての道路を先導してもらえばよいのです。

加えて、同じ支店の総務担当で同僚の、後藤省三社員も、会社の仕事でヘルシンキを訪ね、帰路、モスコーまでは、私の車に同乗することとなりました。これこそ、私にとっては「渡りに舟、鬼に金棒」です。

会社の必需品や備品購入の他に、実は、後藤さんのヘルシンキ行きには、もう一つの理由がありました。ソ連は、正当な手続きがされない、外貨の持ち出しを厳しく制限・管理すると共に、自国通貨、ルーブルの持ち出しを禁止、国境を越える時にはこの検査が厳しいのです。

どうも後藤さんは以前、ソ連より出国の際、この検査に引っかかり、ルーブルを国境の税関に保管されてしまい、これを取り戻す必要があったようです。そのためには、同じ税関事務所で、本人が直接、その手続きをしなければなりません。

わき道にそれますが、国境越えについては、後刻、私もある経験をしました。

家族が日本より到着し、幼い子供二人を連れて、冬の寒い季節、太陽光を求めて、ヘルシンキまでは列車で、そこから、スペインの地中海地方にチャーター機で行くツアーに合流する機会がありました。

夜行寝台列車はソ連とフィンランドの国境付近に、朝の五時頃に停車。間もなく、私たち家族の乗るコンパートメントのドアが開き、数人の制服を着た男性がそこに立ちました。

その内の二人は、腰にピストルを下げる国境の警備隊、他は税関の職員と思われました。

私たちは、防寒用の、シューバという毛皮の分厚いコートを、その個室の壁に掛けておきました。

その内の一人は私と女房のシューバのポケットに手を入れました。国境を越える私達が、不正に外貨やルーブルの持ち出しをしていないか、どうかを確認することでした。

今までに、経験したことのない、初めての光景で、張り詰めた緊張の一瞬でしたが、ずいぶん乱暴で、手荒なことをするものだと思いました。が、ここでこれ以上書くのは、止めておきましょう。


話をもとに戻し、先を急ぎましょう。

後藤さん、ロシア人運転手のNさん、それと私の三人は前の晩、ヘルシンキのホテルで落ち合いました。

レストランでの夕食のメイン・デイッシュは、日本ではあまり馴染みのない、フィンランド特産のトナカイ料理にしました。フィンランドはロシアと戦ったことがあり、一般的に、フィンランド人は、日本が日露戦争で勝利したためか、非常に親日的で、東郷元帥の名前から、「トーゴー」というブランドのビールもある程です。

アルコールの飲み物も、当然、この銘柄のビールを注文したものです。

日本製品のように、小さくて、華美なものに憧れる面もありますが、ロシア人は一般的に、小さいものよりも、大きなことや重厚なもの、強いものをより評価する傾向があります。そのためではありませんが、支店長車も米国製の大型乗用車でした。

　翌日、ディーラーに行くと、その大型車の隣に、私が注文しておいた、ブルーカラーの車が停まっていましたが、まるで軽自動車のように小さく見えました。でも、借金して買ったとはいえ、これから約三年間、この車の世話になり、まして、今日からの二日間は、長距離を乗って帰る必要があり、「これからは宜しく、特に、この二日間は」という気持ちが湧き、緊張感も高まってきました。

　車のトランクに、部品や付属品、そして、前日市内のデパートで買い込んだ商品の詰め込みも終了。N運転手は、ヘルシンキ市内のソ連大使館に出頭し、レジスターする必要があるとのことで、午後の一時に、ヘルシンキ駅前に集まることを約束、ひとまず二つに分かれることになりました。現在は判りませんが、ソ連時代には外国へ出国した、ロシア人は帰国に際し、必ずその国にある大使館に出掛け、帰国する旨、申し出る必要があるとのことでした。

　N運転手は太り目、人懐こい目をし、どちらかといえば、口数が少なく、支店長車の運転手として、信頼がおける人物でした。しかし、彼はこの日、約束の一時になっても、駅前に現れません。二時を過ぎても、一向に現れる気配がありません。約束の集合場所や時間を間違えたのかと心配になる一方で焦りと、怒り、そして緊張も頂点に達していました。

　約束の駅前に現れたのは、四時過ぎで、後藤さんと私は、焦りと心配で、堪忍袋が破れ、思わず、大声を出してしまいました。

　彼は、友人が心配事や困難事に陥った時、慰めに発するロシア語、「ニチェボー」を、連発しました。仕事振りはしっかりしていて、落ち着きがあり、その後の駐在生活で、彼に怒りを感じたのは、これが最初で最後ですが、この時は、大声を出すほど、私達は焦っていたのです。

北欧の国、ヘルシンキは白夜の季節で、日暮れが遅くとも、午後四時頃に出発し、数百キロも離れた、レニングラード（現在のサンクトペテルブルグ）まで運転していくなんて……。残酷！

実は、後藤さんは国際運転免許証を持っていましたが、ソ連の運転免許は取り上げられ、ソ連内では運転ができなかったのです。その理由は、私が着任する前に、モスコーの空港近くで、私の勤める会社の航空機が、離陸直後に、痛恨の墜落事故を起こしてしまいました。

その時、後藤さんは支店の総務担当で、事故後の対応や処理が必要、不眠不休の仕事が続いたのです。何日間も続いた結果、居眠り運転で事故を起こし、免許証を没収されていたのです。

そのため、ヘルシンキ駅からソ連国境までは後藤さんが運転し、国境を越えたら、私が運転するしかありません。後藤さんは久しぶりの運転ですが、運転暦が長く、出発後すぐに、時速百キロ以上で走り出しました。しかし、先導するロシア人の運転する車は、市内を出ると、かなりのスピードで走るため、中々追いつくことができません。道路は一本道、比較的判りやすいため、途中の路肩で、我々の車が追いつくまで、仮眠を取り、休んでいるのです。

やがて、道路を挟む両側の景色が、少し変わってきました。

フィンランドとソ連の国境が近づいてきたのです。

フィンランドの出国手続きは簡単で、ソフトな印象でしたが、それが済むと、いよいよ、運転手の交代です。交代するとフィンランドの係官より、「グッド・ラック。ハブ　ア　ナイス　アンド　セイフテイー・ドライブ」という英語が。これから、長距離を運転しなければならない、緊張する気持ちを察しての言葉なのか、フィンランド人全員が、優しい国民のように感じられました。

両国を分ける国境の遮断機が上がると、しばらくは人影が全く見られない、深い森の中の静寂な路が続きます。不気味さえ感じます。やがて、前方に、ソ連側の遮断機が見えてきました。今度はソ連への入国手続き。軍服姿の、自動小銃を携える数名の若い国境警備隊員が、我々を見守っています。パスポートと、出発前にモスコーで取得してある、車で国境を通り、ソ連に再入国することを許可する旨、書かれたビザを提示。入国手続きは無事終了。

再び、しばらく走ると、今度は税関検査です。

航空機で到着した、モスコーのシェレメチェボ空港の税関は、厳しいとの印象を持ちましたが、今までに、車で国境を越える経験がない者には、それ以上に、物々しく感じられるものでした。

トランクの中はもちろん、車の両側の窓ガラスに針金を差し入れチェック。座席シートをはずし、車体下に鏡をしのばせるなど。この検査は、すべて無言のうちに行われました。やはり冷戦時代を反映しているのだろう。反ソ的な印刷物を探しているのだろうか。噂話では、過去に、愛する恋人を国外に脱出させるため、トランクに入れ、危険を承知で、国境越えを図ったカップルがいたとのこと。

緊張感を覚えましたが、もちろん、持込禁止品の類を持っておらず、外貨も正式な手続きを終え、再び、ソ連入国です。以前没収され、保管されていた後藤さんの所有物も、返還手続きをして、無事戻ってきました。

外国へ旅をして、最初に接し、言葉を交わすのは入国係官です。その場所の雰囲気や係官の印象は訪問する国のイメージにもかなりの影響を与えます。そして、国境は国情や隣国との関係により様々な顔があります。米国からの出国は、普通、あっけないほど簡単ですが、以前は、入国時も、「アメリカ訪問歓迎」と、優しさが率直に出ているように感じましたが、九・一一以降は、かなりの変化がみられます。

ボーダレスの時代と言われる現在でも、国境は時には重く、悲劇を生む、いたずらもの。親しい家族や友人を永い間、悲しくも分断する、残酷な壁。ＥＵ諸国は、国境の壁を取り除き、できる限り低くするために、統合化を進めています。一方で、国境といえば、先ず、思い出されるのがベルリンの壁、パレスチナとイスラエルの間、韓国と北朝鮮を分ける三八度線、インドとパキスタンなど。最近、日本も隣国と小さな島の領有をめぐり、関係がギクシャクしています。歴史、資源、国益が絡むと、どうしても複雑になってしまいますが、長い間、国境の壁により分断された家族や人々は、境を越えて、自由に空を舞う鳥を羨んできたことでしょう。

国境の壁が低くなるということは人類の理想でしょう。

密入国、不法入国は、厳しく取り締まるべきですが、国際間の交流と相互理解の拡大のためは、オランダとベルギー両国に見るように、国境の壁を、低くする努力は、今後も必要でしょう。

また、最近、観光の持つ力が見直されています。

ある統計によると、欧米やアジアを含む、世界各国の、ＧＤＰに対する観光収入と、観光関連の従業員の比率は共に、八〜一〇％程度といわれます。そのため、観光収入の増大に努めています。遅まきながら、日本政府も、総理を先頭に、訪日外国人を増やし、国際理解と観光収入の拡大に力を入れはじめました。

それにしても、ロシアは、出入国時の税関を含む係官の愛想を、もう少し良くしたら良いのに。観光素材に富むロシアへは、外国人の訪問者が急増するはずです。

ソ連崩壊後も、中国の空港と比べて、何ともいえない緊張感を覚えます。一般のロシア人は明るく、接客好きなのですから。それとも、これは過去の印象に、囚われ過ぎているのでしょうか。

そうだ、「国境」で道草をしていると、今晩中に、レニングラードまで到着できない。

これから、いよいよ、会社の先輩でもある、作家の深田祐介さんが『新西洋事情』でも書いた、あの道路での運転です。(興味のある方は是非、その最終章をお読み下さい)。

ソ連崩壊後のロシアは、大きく、そして、様々に変化し、欧州諸国との関係を深めており、道路事情も変わってきていると思いますが、当時、この道路は、上下合計で三車線だったのです。両側の車線の真ん中の道路が双方から走りくる車の追い越し車線なのです。車の数は渋滞するほどではないが、建設資材やキャベツ、馬鈴薯などを載せた、三両編成の、時速百キロ以上で走行するトラックは、結構多いのです。前の車を追い越すためには、前の車両の速さと、連結する長さを先ず知り、さらに、その先を走る車の有無、スピードを確認する必要があるのです。これを確認すると、今度は対向車のスピードを目測し、対向車がなく、安全が確認できたら、中央の車線を使って、前の車を一気に追い越すのです。この追い越し作業はある程度の運転歴のほか、対向車を含む数台の車のスピードや間隔の判断力、自分の車の加速能力、そして、勇気と、エイヤーの精神が必要なのです。

数年前、先輩の総務課長はヘルシンキからモスコーへ家族との帰り、この道路の真ん中の追い越し車線で対向車と正面衝突、亡くなられたのです。A級ライセンスを保有する奥様がフォルクス・ワーゲン車を運転中に事故に会われたとのことでした。

このように三車線の道路を運転することが初めての私は、怖くて前を走る車を追い越すことが不安でできず、時速八〇から九〇キロ程で走っていました。先導するはずのN運転手の車は行けども見えず、最初、隣の席に静かに座っていた後藤さんは、冷酷にも「こんなスピードではいつまでたってもレニングラードには着かない、もっとスピードを上げ、走るように」としかめ面で言うのです。私は「好き好んでこの速さで走っているのではない。前の車を追い越すのが怖いのだ。第一、人の車に乗せてもらっているのになんだよ」との思いが湧き、さすがの私もムッとしました。が、なるほど、このスピードでは今晩泊まる、レニングラードまでは到着できず、気を取り直し、冷静になるよう自分に言い聞かせました。

気をつけなければならないのが、車の追い越しのほかに、ガソリンスタンドを見落としてはならないことです。現在、石油の産出量で、サウジアラビアと首位を争い、車社会に入ったロシアとはことなり、給油所は数十キロ走って一箇所位しかないのです。この給油所を見落とすことは、ガス欠から大トラブルにもなる可能性があるのです。前の車両、対向車の動きを確認することのほか、給油所を見つけること、ロシア語で書かれた道路標識を読むこと、この作業が重要で、隣の席のカー・ナビゲーター役が是非必要であり、長距離運転初体験の私には、隣席の後藤さんは怖い教官であり、大切な助手になったのです。

やがて車のスピードと追い越しにも慣れてくると、周りの景色に目を注ぐことができるようになりました。

日本の景色と全くことなり、数キロ先まで見渡せる、なだらかな坂道が続くのです。時は白夜、あるところは林や森の中を、そして、あるところでは草原を、麦畑を、そして、また、白樺の林、河や小川を渡る……。

「そうだ、せっかく、与えられた機会、これから数年、遠く、国を離れて何万里、ツルゲーネフやトルストイの住んだ、ロシア大地での生活が始まったのだ。小さなことにクヨクヨせず、この大地や自然に触れ、抱かれよう。任せてしまおう。心を大きく持とう、そして、何がきても平常心で」などと思い、決意しました。なにせ、ここは遠い異国なのだから。

暫くすると白夜も闇を迎え、深夜の一一時ころに、予約しておいたレニングラードのホテルに到着。若いから体力には少々自信があり、大丈夫だろうと思っていましたが、長距離ドライブの疲労と緊張が続き、首は棒のようになっていました。

ロシアのホテルにチェック・インする際には、ソ連崩壊後の現在もこの制度は継続されていますが、外国人が宿泊する場合、宿泊地の警察にレジスターするため、ビザが添付されたパスポートを提出しなければなりません。

N運転手は途中で仮眠を取りながらの運転のためか、私が「運転で疲れたか?」と聞いても、「ニチェボー」の答え。ロシア人の、日本人をはるかに凌ぐ体力、エネルギー。そして、独特の楽観論、人生観。是非とも会得したいものだ。チェック・インの手続きが済み、自分の部屋に入り、ベッドに横になった瞬間、直ぐに睡魔が訪れ、熟睡という天国へ。

翌朝は一一時にホテルを出発することになりました。モスコーまでの約七百キロを今日一日で走り抜けねばなりません。一晩の爆睡で、首に少しの痛みと疲れが残りましたが、すっきりとした気分でした。

ホテルを出発後、二百キロほど走ったでしょうか、私は大事なものをホテルに忘れてきたことに気がつきました。そうです。ヘルシンキから、レニングラード経由、モスコーまで、車で通過を許可する旨書かれた、ビザが付いたパスポートをピック・アップしないで出発してしまったのです。

再びホテルに戻ることを考えました。今日の運転の疲れが、すでに首周りにきており、私一人の運転で午前中出発したホテルまで戻るのはうんざり。N運転手は昨日と同様、私たちのスピードに我慢できず、先に飛ばして行き、道路の端で待つことの繰り返しをしています。そのため、このような、緊急時の相談ができません。

現在でもあるかどうか判りませんが、当時、国道に沿って、十数キロおきに高さ数メートルの、車の流れなどをチェックするといわれる、見張り的な、櫓のチェックポイントがありました。取りあえず次のポイントで相談してみようということにしました。次のポイントが見えてくると、その下に車を停め、恐る恐る近づきました。すると、制服姿の係官が、ゆっくりと、梯子を降りてきました。パスポートをホテルに忘れ、通行を許可するビザも所持せず、お堅いお国柄、場合によっては、拘束、ないしそこに留め置きか、などといらぬ心配をし、硬い表情にならざるを得ません。

「大変に困ったことが起きてしまった。どうにか、助けて欲しい」というと、「困っている問題はなんだ」との質問。

「自分たちは日本人だが、大切なパスポートをレニングラードのホテルに忘れてきてしまった」こと。「首や腰が痛み、疲れている。もと来たホテルにはどうしても戻れない」などと訴えました。腰をかがめるようにして、本当に困り、疲労も極限に達しているような顔と姿をし、何とかならないかと、持ち掛けてみました。何事も「規則だからニエット、ニエット（だめだ、だめ）」、その次には「書類を提出せよ」を口癖にするソ連時代の官憲。本当か演技かは別にして、こちらが非常に困ったような顔をしたりすると、意外にというか、予期せぬ朗報「ハラショー」や「ダー」という言葉も、時には返ってくることもあるのです。

その係官は、また梯子を上がっていくと、暫くそのポイントの中にある電話で、どこかへ連絡している様子。待つこと数十分、再び、彼は降りてきました。そして、答えは「ハラショー。フショー・フ・パリャッドケ（問題ない）」でした。

特別の許可で、これからモスコーまでの全てのポイントに、ブルー色の日本車に乗った二人の日本人がパスポートとビザなしで通過する旨、連絡をしておくとのこと。何十箇所かのポイントがあるが、ノーチェックで通過できるはずだと言いました。別れ際に、さらに「ドブロ・パジャロバッチ。ボン・ボワイヤージュ！」などとも言いました。一時、日本でも流行った言葉「グッド・ラック」という意味でしょう。オー、しゃれたことを。

パスポートの問題も解決、運転する心も少し軽くなりました。

疲労感とは別に、猛スピードで走る喜びと快感が、始まっていました。

しかし、この道中でいくつか怖いケースに、遭遇してしまいました。
高速の運転にも慣れて、チェックポイントで、ロスした時間を取り戻すため、一路モスコーに向け、加速、猛スピードで走っていました。
突然数匹の羊が道路に飛び出してきたのです。急ブレーキを掛ければ、横転事故にも繋がるかも知れず、かわいそうなことをしました。結局、一匹の羊を轢いてしまいました。羊の毛と血痕が、後部座席辺りから後方に、一面に付いてしまいました。（羊君、ごめん）
もう一度は、上り坂を越えるため加速し、少し下り坂にさしかかったところに、先ほどと同じく、道路を横切るロシア人の子供達がいたのです。ブレーキを掛けながら、対向車線にハンドルを切りました。

幸運にも、対向車がなく、災難を避けることができたのです。

日ソが国交回復し、日の浅いその昔、日本人の駐在員が自動車で、人身事故を起こしてしまい入獄。ミコヤン首相が訪日の際に交渉し、政治的な解決で出獄できたケースがあったとのこと。この時にも、もし万一のことが起きれば、刑務所に入れられ。その場面を思い出すと、今でも、ゾォットします。

もう一度は、午後七時頃、あたりはまだ明るく、モスコーまでは、あと数十キロ程のところでした。再び、二重連、三重連のトラックやトレーラーも増えてきました。疲労も重なっていましたが、今晩中には、是非、モスコーに到着したいとの、気持ちもありました。

前の車を追い越そうとして、アクセルを踏み込みました。真ん中の車線に入った瞬間、前方からも、中央車線を猛スピードで向かってくる車が目に入りました。

ギアー・チェンジを行い加速。急いで、前方を走る車の前に、割り込もうとしたのです。焦りから、ギアーをニュートラルにしたまま、アクセルを強く踏んでしまったのです。前の車の前に割り込むことができませんでした。再び、後ろに戻りましたが、それだけでは済まなくなりました。ニュートラルでアクセルを強く踏み過ぎ、愛車のエンジンはオートバイと同じような、大きな音を出すようになってしまったのです。今迄の快適なエンジン音に代わり、バタバタという騒音に。助手席の後藤さんも、大変ビックリしたようです。

今回、追い越しを強行していたら！　エンジンは故障してしまったようだが、それでもまだ動く。

進んだ方が良いのか、留まった方が良いのかの判断は、状況により、一瞬の決断が必要。

小さな判断ミスが大きな事故に繋がることもあり得る。人間の一生は、ある意味では、日々決断の連続。せっかく千キロ近く運転してきても、チョットした、一瞬の不注意と判断ミスで、全てをフイにするどころか、時には重大事に。

エンジンは、大きくて、不快な音を出しても動き続け、モスコーまでは、何とか、行けそうだ。

後藤さんによると、先輩の駐在員で、以前、モスコーへ帰る寒い日、跳ねた石が当たり、フロント・グラスを大破、震えながら運転をして、市内まで帰り着いた人もいたとのこと。

それに比べれば数倍ラッキーだ。「何事も、ニチェボー」だ。

トン・トンという、不自然な車のエンジン音を聞きながら、遠くの空に、街明かりが映り始めました。そうだ、それは、モスコーの灯なのです。モスコーの夜も更けました。

出発する前には、東京やヨーロッパのネオンの光り輝く街と異なり、灯りの少ない、暗い街だという印象を持ちましたが、フィンランドの国境から、森や広大な野原を駆け抜けて来ると、モスコーは明るく、大都会と感じます。

ヘルシンキとモスコー、約一、二〇〇キロの道を、一泊で走り抜ける、初めての車による、冒険旅行でしたが、広大な国、ロシアの一部に触れる、良い機会でもありました。

地図でみると、その距離は、ロシア西部の、ほんの一部のものでしかありません。

世界には、米粒のようで、地図上では、描けないほど小さい国もあれば、ロシアのような広い領土に恵まれた国もあり、神は不公平な国境の線引きをするものだ、と思ったものです。

その一方で、当時のソ連の指導者であった、ブレジネフ書記長は、ロシアの国土がもう少し狭ければ、国の統治や開発が効率よく、そして、楽にできるのではないかと、密かに考えているのではないかと、仮想したものです。北方四島は、世界地図では、まして、蚊の涙より小さい土地ですが。

モスコーに帰ってからも、エンジンの修理は、直ぐには不可能だし、しばらくの間は、騒音を出したまま、走り続けました。この日本車は「なんと五月蠅いのだ」と、思われたことでしょうが。

小寺さんには、自動車購入の前後から、ロシアでの生活の過ごし方、車の整備など、多方面におよんで世話になりました。特に、冬の凍りついた雪道での、急加速や急なブレーキを避けることなど。

その後、一つだけ、駐在中に、恩返しができたと思っています。

それは、冬の夜の出来事でした。雪と共に、風が強く吹く、ある夜、小寺さんは勤務からの帰宅途中、クレムリンの赤の広場に近い道路で、前を走る車が急ブレーキを掛けたため、前方の見通しも悪く、追突してしまったのです。携帯電話のない時代で、小寺さんから公衆電話で、追突事故を起こし、現場に来て欲しいとの連絡が、すでに、自宅へ帰っていた私に入ってきました。

英語には強い小寺さんですが、当時、市内で、中々英語が通じず、警官立会いの通訳をして欲しいとのことでした。私は現場に行き、つたないロシア語でしたが、何とか対処できました。それが唯一の恩返しです。

小寺さんは帰国し、その後、ロスアンゼルス空港へ転勤となりました。

数年後、私も日本へ帰国、旅行会社の人々と出張で、ロスへ出掛ける機会がありました。当然、小寺さんに連絡を取り、大好物の日本酒を持参しました。

小寺さんは空港で迎えてくれて、再会を喜び合いました。精悍でありながら、人懐こい笑顔と日本人としては、大きなジェスチャーで。アメリカ生活も、すっかり板に付いていました。

しかし、小寺さんはしばらくして、亡くなってしまいました。若くしてガンに侵され、倒れてしまったとのことです。

話し方は明るく、楽観的、そして豪放。そのくせ仕事振りは繊細。冷戦時代の長く、寒い冬のロシアでの生活も、エンジョイした人のように私には映りました。

そして、ロシアとアメリカという、大国での生活が似合う、日本人でもあったと思います。

一方、助手席に座って、「もっとスピードを上げなければ」と、ハッパを掛けていた後藤さんに、一瞬、「ムカツキ」ましたが、長い道のりを同乗し、帰ってきたことで、ある意味で、〝戦友〟的な意識も生まれ始めました。その後、仕事や日々の生活で、後藤さんと時間を一緒に過ごすことが、自ずと多くなりました。

ヘルシンキから帰ると、運転に妙な自信がついて、スピード狂になってしまいました。が、歳を重ね、運動神経の鈍くなった今は、安全運転には充分、気をつけねばなりません。

数年後、後藤さんはロシア人女性と結婚することになりました。

後藤さんから頼まれ、ロシア語では「タマダー」という、結婚披露宴の司会役を、務めることになりました。

モスコー勤務では、先輩の後藤さんですが、長距離運転、体制の異なる国での日々の仕事を通じて、徐々に、タバリッシチ（同志）な間柄になりました。それは、キューピットの役を果たしたことからなのでしょう。タマダーは、式の進行と、自分からウオッカやコニャックの杯を、参列者に先んじ、かつ率先して、ロシア風に一気に飲み干し、宴を明るく盛り上げなければなりません。お酒の弱い人には、ハードな役割ですが、最初の乾杯で、飲んで空いたグラスを、元気よく床に投げ、たたき割るのです。

そして、宴が盛り上がって来ると、ロシア語で、参列者と「ゴリコ・ゴリコ（苦い）」と叫び、新郎、新婦に甘いキスを、何度も要求するのです。

時には、生バンドを入れ、最初はロシア独特のセンチメンタルで、メランコリーな曲から、アップテンポの明るい曲へ。やがて新郎、新婦をはじめ、ほとんどの人がダンスを踊り始めるのです。長時間に渡り。

ダンスが始まると、タマダーの役割は、ほぼ終わりです。

日本の堅苦しい披露宴と違い、ここまでくると、出席者は自分から祝辞を述べ、杯を挙げ、飲み、食べ、踊り、「ゴリコ」の声でキスの繰り返し。全員が一緒に楽しむ。これが、ロシア式の披露宴です。

結婚式も、ロシアならではの、人生の楽しみ方の一つなのでしょう。

悲しむ時は大いに悲しみ、泣き、そして、楽しむ時はメチャ明るく。それが、ロシア人気質なのでしょう。

このような披露宴には、現在日本で手に入れるにはあまりにも高価な、キャビアやグルジアやアルメニア産のワイン、コニャックがテーブルの上に置かれます。

グルジアやアルメニアは、その後、独立したため、最近では、ロシアでも入手困難で、まぼろしの「酒」になったようです。数年前に、以前ロシア人が、世界一の大きさだと自慢した、ホテル・ロシアのレストランで、グルジアのワインを注文した際、ヨーロッパに行ってしまうため、在庫がないと断られてしまいました。

縁は、異なもの、奇しきもの、そして、味なもの。

後藤さんの子供さんは、長じて、同じ大学のロシア語学科を卒業し、後輩にあたります。

現在、日ロ間のビジネスの世界で、大いに活躍しています。ある時、モスコー行きの機内で、偶然会いました。さらに、この本の第2部で、ロシア語から日本語への翻訳の一部を、手伝って貰っています。親子二代に、お世話になっています。これも、何かのご縁なのでしょう。

又、人の世は、生きていく上で、喜びよりも、苦しみや悲しみが多いもの。ロシア語の「ゴリコ、ゴリコ」という言葉を繰り返すと、明るいこと、楽しいこと、ハッピーなことが、たくさん訪れてくれると良いですね。

第六章　テニスのパートナー
鈴木君とシベリアの大地に眠るお父さん

彼は名前を鈴木　茂君といい、小学校から中学までの同級生です。
性格はおとなしく、鼻の形がすっきり、背も高く、同級生の中でも、今風に言えば、最も〝イケメン〟でした。中学時代は、テニスのパートナーを組み、鈴木君が前を、私が後ろのポジションを守りました。

幼い頃の私は、運動で、体を動かすことや走ることが大好きでした。夏になると、近くの広い川原で草野球に興じ、その野球が終ると、今度は川に飛び込み、真っ黒に日焼けしていました。

中学生になったら、できれば、野球部に入りたいと思っていました。その頃の日本は、全国民が飢餓状態で、貧しく、娯楽や楽しみも少ない時代でした。しかし、住んでいる町全体が中学野球には熱意というか強い関心を持ち、野球狂の町と言ってもよい程でした。

他の兄弟は、中学生になると野球部に入りましたが、親は、私が野球部に入ることを望みませんでした。その理由は、我が野球部が市の大会で優勝、県大会に進んだところで、華麗な守備を誇っていた内野手が、九回の裏、平凡なフライを落球、そして、逆転負けに。その落胆がこの町を包み、しばらくの間、影を落として、町が静かになってしまいました。

そのような理由もあり、中学生になると、部活はテニス部に入りました。

軟式テニス（ソフト・テニス）でしたが、午後の授業が終了すると、毎日、校庭の真ん中にある二面のテニスコートで練習に熱中しました。運動靴も、あまり行き渡らない時代で、裸足で練習するため、最初に行うことは、まず、コートの中の、ガラスの破片や小石を拾うことでした。

運動靴を履いて練習したのは、市のテニス大会で好成績を納め、県の大会へ臨む直前でした。

鈴木君とは、このような時代、テニスでパートナーを組んだ仲なのです。

鈴木君の実家は農家で、それも一人息子でした。お姉さんは外に嫁ぎ、彼は農業を継ぐために、高等学校は、私と同じ学校の定時制に進みました。その頃、鈴木君は「自分の親父は戦後、シベリアで捕虜となり抑留され、イルクーツクという町で死んだ」と言っていました。

私は高校でもテニス部に入り、卒業すると私大へ進み、鈴木君は農業に従事していましたが、帰郷した際には、時々会っていました。

その後、鈴木君は腎臓病を患ってしまいました。やがて、鈴木君のお母さんから、連絡がありました。「茂の病状が、あまり良くない。視力も落ちてしまい、場合によっては近い内に……」とのお話。私は近く見舞いに帰郷することを、彼のお母さんに伝えました。数日後、田舎に帰り、私鉄駅の近くの病院に入院している、鈴木君を見舞いました。

病院に着くと、お母さんが出迎えてくれました。その時、お母さんは、「茂は全く眼が見えなくなってしまった。見舞いに来てくれたことを、大変感謝するが、声を出すと誰だか判ってしまう。判ると大変悲しむので、どうぞ、静かに、そっと見舞って欲しい」と云いました。

中に入らず、廊下から、ドアの開いた病室を覗き込みました。鈴木君は身動きせず、病室のベッドに横たわっていました。

眼の前に横たわる鈴木君と、裸足で汗を流しながら球を追った、テニスコート上の、中学時代のパートナーの光景が重なります。私は無言のまま、その場所に立ち、そして、その病室を離れ、別れを告げました。間もなく、鈴木君は亡くなりました。二〇歳の若さで、短い人生を終えました。

このことは前にも述べましたが、私は転職し航空会社に入社、モスコーへ転勤することになりました。着任後、しばらくして、シベリアの西の地方にある、ハバロフスクへ、支店長、後述の上野さんと、三人で出張することになりました。

時代は、環日本海時代の始まりといわれ、新潟とハバロフスクの間に、定期航空が開設されることになったのです。ハバロフスクは終戦後、日本人の捕虜収容所などでも名前の知れた町です。

新路線開設に伴う、日本からの招待飛行があり、出迎えるためのもので、空港到着時や歓迎セレモニーの応援などが目的でした。招待者は、新潟県や富山県からの人が中心で、その後、総理大臣になった人も、含まれていたと記憶しています。

航空機の到着後、招待者と、アムール川の岸辺の散策となりました。

季節は夏、北国のこの街でも、温度は三〇度を越す暑い日でした。川辺を散策するロシア人は、皆、片手に小枝を持っています。この川の名前は、前から耳にしていましたが、ポプラやアカシアの木が生い茂る、幅の広い、大きな川で、川辺は北の地らしい、情感のある風景をしています。しかし、この散策で悩まされることが一つありました。それは、日本では見られない、大きな蚊とアブの群れです。散策するロシア人が手にする小枝は、この蚊とアブを追い払うためのものだったのです。

その晩はハバロフスク市内のホテルに泊まりました。そろそろ、日本や日本食、特に刺身の味に、懐かしさを感じ始めていて、部屋のラジオのスイッチを入れると、日本からの放送がすぐにも聴こえてきそうで、「できればこのまま日本へ帰りたい」とも思いました。

その一方、同行の上野さんは、旧満鉄に勤務、終戦と共に、捕虜になってしまったとのことで、シベリアの西の街、ハバロフスクのこの夜を、どんな気持ちで迎えたのでしょうか。

翌日はソ連側の提供する特別便で、シベリアの中部にある、イルクーツク市への招待飛行です。到着後の夕食の歓迎会は、市内のホテルで開かれましたが、ホテルのレストランでは、その頃、どこでもバンド演奏が行なわれ、生演奏の音色やロシア民謡の独特のメロディー、リズムが響き渡りました。東西冷戦のさなかで、国際情勢も現在とは異なる時代でしたが、バンドの音を聴きながら、過去の日ロの関係、歴史、江戸時代、日本への帰国を果たすため、この街を訪れたという、大黒屋光太夫の足跡とその苦労、環日本海時代の交流の始まり、航空輸送事業の役割などを、思い巡らされるひと時でした。

翌日の予定は、バイカル湖とその近くにある、日本人墓地の訪問であることを知らされました。その晩は「明日は、世界一、透明度の高いバイカル湖を初めて眺める」ことへの期待と興味。

翌日は、バスに乗り、招待者一行は、緑の木々や白樺の林を通り抜け、バイカル湖へと向かいました。初めて目にする、バイカル湖は緑の森に囲まれ、鏡のように静かな湖面、透明感、心が洗われるような清らかさ。ロシア民謡で知られる〝バイカル湖のほとり〟の曲が流れてくるようです。

バイカル湖畔の散策が終わると、近くにあるという、日本人墓地への訪問になりました。

訪れた墓地も、生い茂る緑の木々や白樺の林に囲まれ、そこに数十の墓標がありました。

墓地の管理責任者と思われるロシア人が、私たち日本人への説明役を務めました。

説明を聞きながら、私は、ふと、中学時代のテニスのパートナー、鈴木君のことを思い出しました。

説明が終わると、私はその責任者に、この墓標の中に、群馬県出身の、鈴木姓のものはないかと尋ねることにしました。その管理人はノート状の台帳を、ゆっくりと捲り、調べ始めました。

ロシア語で書かれたその台帳に、鈴木君と同じ住所が、書き込まれている項を見つけました。

私は、その墓標に案内するように頼みました。案内された墓石と、書きこまれたロシア語の文字は、比較的新しいものと映りました。これらの墓標は、日本海沿岸と、シベリアの都市を結ぶ定期航空路開設の、日本人招待者グループが訪れるため、急遽造ったのではという人もいました。案内されて、「鈴木」と書かれた、その墓標の前に立った時、「自分の親父はイルクーツクの近くで捕虜となり、そこで亡くなった」と言っていた、鈴木君のお父さんのものに間違いないことを確信しました。

偶然のでき事に驚き、少し興奮しながら、急いでカメラのシャッターを切りました。

テニスをプレイする、生前の鈴木君の姿が、その墓標と重なりました。

シベリアのこの地に眠る、お父さんも、鈴木君と、ほぼ、同じ年頃の若さで亡くなりました。寒かったでしょう。食べたかったでしょう。光太夫と同じく、日本の地を踏みたいと願ったことでしょう。幼い鈴木君や、はるか遠い日本に残した家族のことを思い、心痛めて、長い眠りについたことでしょう。

私たち駐在員のソ連滞在有効期間は一年間でした。一年が過ぎると、ビザを更新するため、家族ともども一時、出国しなければなりません。日ソ間の相互の取り決めで、日本に駐在するアエロフロートの職員も、有効期限が近づくと、日本から出国しなければなりません。このビザ更新には、在ロシアの会社のほとんどが、長期駐在家族を、日本に一時帰国をさせていたようです。私たちの会社も、一時帰国させていました。

私は、一時帰国し、再入国の手続きがひと段落すると、鈴木君のお母さんを訪れました。

鈴木君が亡くなってから、約十年近く経っていました。

鈴木君の家では、お母さんと高齢のお祖母さんが、お二人で農業を営んでいました。長い間の無沙汰をわび、現在、家族と一緒にロシアに住んでいること、鈴木君には以前から、お父さんがシベリアで捕虜となり、そのまま帰らぬ人となってしまったと、聞いていたこと、そして、新潟とハバロフスク間の定期航空路線が開かれ、その招待者と一緒に、イルクーツク市とバイカル湖を訪れたこと、さらに、日本人墓地に案内され、偶然にも、お父さんの祀られている墓碑を訪れたことなどを告げました。

そして、その時に撮った、数枚の写真を渡しました。

お祖母さんとお母さんは黙って、大粒の涙を流し、泣いていました。

私も言葉が思い当たらず、自分の家でも、商人であった親父が、私が一歳半、弟が、まだお袋のお腹にいて、戦況が不利になる頃、赤紙が来たこと。そして、ポツダム宣言発表直後、終戦約二週間前のパラオ島で、米軍の兵糧攻めに会い、餓死したと聞いていることを話しました。

私は鈴木君の家を辞しました。その際、お二人は「お話と写真、どうもありがとう」と言ってくれました。

約二週間後、再入国のビザが下り、私は再びモスコーに帰任しました。

ヨーロッパやロシアからの行き返り、搭乗する航空機が、シベリア上空に差し掛かると、眼下に広がる景色の中に、この時に訪れたバイカル湖畔の日本人墓地、テニスのパートナー鈴木君、お母さんのことなどを思い出します。
今では、鈴木君のこの実家は住む人もなく、空き地になっているとのことです。

第七章　ロシアでの仕事上の出来事、失敗

ロシアに住んで、実感したことは、人間は、全く環境の中の動物である、ということです。判断力、感覚には、住んで、育ってきた環境が大きく影響するということです。

前章にも書きましたが、寒い、暑いという感覚を例にとると、比較的温暖な地域に住む日本人は、マイナス三度くらいになると、寒いという言葉を発します。しかし、最北の気候に住み慣れたロシア人は冬のマイナス三度くらいの温度では、暑くて気持ちが悪いと言うのです。冬は寒いのが当たり前で、暖冬だと、もろもろの雑菌類が滅びず、健康にも良くない。やはりマイナス一〇度以下にならないと、冬の感じがしないようです。

逆に、ロシア人は暑さに弱く、湿度の低いモスコーでは、二五度以上の温度になっても、日本人は、暑さをあまり気にしませんが、この程度の温度から、ロシア人は、暑いという言葉を連発し始めます。

外国人がロシアに赴任し、住み始めるには、一月か、二月の寒い時期がベストだともいわれます。理由は、最初に寒さを経験・体感をしておくと、人はその厳しさを教えられ、後の生活も緊張感をもって、送ることができるからだということです。やはり、何事も、最初が肝心、人間は、若い時に苦労をしておく方が、良いといわれることに、通じるかもしれません。

モスコーでの仕事は、市内支店の営業関係で、異なる制度の中、幾つかの失敗と苦労が思い出されます。

航空会社が行う、様々な業務の中で、PR活動も大事な仕事で、「お客様の立場に立って、良いサービスを提供します」などの宣伝を行います。政治や経済体制が異なると、本社や日本サイドで考えるサービスの提供が出来ないケースも、まま、発生します。現地駐在員は、本社の考えるサービス水準や、それを越えたサービスの提供に努めるものですが、体制が異なる国では、時には、望ましいサービスを、提供出来ないケースも起ってしまうものです。

利用者が抱くサービスと、実際に提供されるサービスの質やレベルが異なる場合、いわゆる、顧客満足度との間に格差が生ずると、そこにクレームが発生します。また、サービスはある程度の迅速さ、スピードも要求されます。特に、航空機は、現在でも、一般の人が利用する最速の乗り物で、アッという間に、国境を越えて到着してしまい、サービスの提供が間に合わなくなる恐れがあり、質とともに早さも求められます。

最初にお話するのは、私個人の理由からと言うより、むしろ、支店全体で、対応しなければならないケースでした。

現在のようにジャンボ機がモスコー線に導入される以前の、国際線の主要な旅客機であった、ダグラス社のDC8機が、日本の羽田とヨーロッパ間を運航。毎日、中継地でもある、モスコーのシェレメチェボ空港に着陸、機内食や燃料などを搭載し、再び、東京やヨーロッパの都市へ向かい離陸していきました。

赴任して日の浅い、ある時、同時に二機とも故障、そのうちの東京行きの一機は、エンジン故障で、取替えの部品が着くまで離陸不可能、出発は約二〇時間以上の遅れに設定されました。

旅客には、困ったことに、オーバーナイトをして貰わなければなりません。

ヨーロッパからのトランジット旅客が主で、数十名の方が搭乗していました。

空港周辺の宿泊施設には、十数名が利用可能の、簡易宿泊所的なものしかなく、殆どの方に、空港内のトランジット・ルームのイスで、一晩過ごしてもらわなければならないのです。

空港所長を通じ、ソ連側の関係する部署に、通過乗客の一時入国許可と、ホテルの確保を依頼しました。

しかし、入国許可とホテル確保の申し出は、夜間のため、責任者と連絡が取れないとの理由で、叶いませんでした。結果、大切な乗客の皆さんは、トランジットで一晩休んでもらうしかありません。当然、不満は高まりました。さらに、当時のトランジットのレストランやビュッフェには、リンゴ・ジュースや限られた数種類のメニューしかなく、旅客の不満は更に高まりました。

翌日、出発までの間、クレムリン見物をしてもらうことになりました。私は、空港からのバスに添乗し、誘導するように指示されました。

しかし、クレムリン見物の許可が出て、最終的にガイドつきのバスが用意できたのは、再設定された出発時間も迫る、午前も終わりそうな時刻でした。そのバスに、日本語のできるロシア人をガイド役に同乗させる必要があり、その手配にも時間がかかっているのです。

空港から市内までは片道、約一時間、往復に二時間ほど掛かりますが、クレムリンや周辺の見物は一時間以内にして、空港へ戻らなければなりません。

支店長より支店の全家族に、むすびの炊き出し指示が出され、疲労の高まった旅客に食べて頂きました。旅客の皆さんは「最高のサービスを提供する」という宣伝文句とは裏腹に、例外時とはいえ、受けるサービス、宿泊、応対の質とスピードの遅さに大きな戸惑い、不満をもたれたことでしょう。整備上の理由により、迷惑を掛けている旨、お詫びしましたが、疲労、そして、食事への不満も重なり、強いクレームをつける旅客もおりました。

基本的にサービスがないといわれるこの国で、日本的なサービスを提供するのは大変だと、慰められたり、おむすびの差し入れに、礼を述べられる方もおりましたが。

例外を好まず、基本的に「ニエット」からはじまるソ連において、関連する全部署から「ダー」の許可を取るには、苦労とエネルギーと、そして、へこたれない忍耐を必要とします。

正直、この時ほど、体制の異なる国での、あるべきサービス・スタンダードの質の維持や提供、特に、国と国をまたぐ、航空会社のサービスについて、深く考えさせられました。

そして、オーバーに言えば、社会主義とはなんと硬直した体制なのだ！　と。

本来は国民や人々の意見を、第一として優先的に取り入れ、福祉やサービスの提供を目指す体制のはずなのに。「ノー」の発想、関わりたくないとの姿勢、一つのことを許可するにも、上にお伺いを立てるため、時間が掛かりすぎる、非能率さなどに思い至りました。

その後の生活で、仕事上やプライベートの場面で、要望が聞き入れられず、「ニエット」という返事が、返ってくることを多く経験しました。また、ロシア語で話すと、一方的にまくし立てられてしまうこともあります。

その学習効果として、海外において、自分の意見が通らず、不満を述べる時には、日本語でアクセントをつけて話すというか、乱暴な日本語で、「感情」をストレートに出すことが、より効果をもたらすことを知りました。その影響で、しばらくは海外旅行をした際に、受けるサービスに不満がある時は、日本語でしゃべり出すことにしました。乱発し過ぎて、現在、海外で、おおむね良い、日本人旅行者の評判を、落としてしまうと申し訳ありませんので、あまり乱発しないように心掛けていますが。

何度かの失敗やトラブルを重ねながら、少しずつ、この国での生活にも慣れてきました。

もう一つのケースは、全く自分の不注意、勉強不足に因るもので、今でも忘れることができません。「失敗を重ねながら人間は、大きく成長する」などとも言われますが、できれば、失敗は避けて通りたいものです。

飛行機が羽田を離陸し、一時間ほどすると、当時は、通信の主要手段であったテレタイプを通し、モスコーで降りたり、更にヨーロッパへ向かう通過旅客者数、搭載する貨物の重量等が書かれたマニフェストが送られてきます。機内のクラス分けは、ほとんどの航空会社がファーストとエコノミーの二つのクラスの時代でした。

たまたまの土曜日、ロシア人のスタッフは休み、市内支店で私一人の勤務が始まり、間もない頃でした。午前中、イスラム系のある国の、駐在ロシア大使館より、電話が入りました。

内容は、「今日、東京から到着、パリへ向かう便のファースト・クラスを六席欲しい」とのことです。マニフェストをチェックすると、丁度六席分が空いていました。ファースト・クラス六席の一度の予約はごく稀で、「ヨシ・ヨシ、これで売り上げ増」と内心考え、早速、ファースト・クラス六席、ＯＫと伝えました。

しかし、結果として、販売拡大のはずが、空港でクレームとなってしまいました。理由は六人分のファースト・クラスの機内での食事が足りないのです。

モスコー経由ヨーロッパ行きの便では、エコノミー・クラスの機内食は、モスコーで搭載できますが、ファースト・クラスは、キャビアやイクラ以外は東京から搭載することになっていました。三名の旅客分を予備のため積んでいますが、今回、あと三名分の食事が不足してしまったのです。そのことを、私は全く知りませんでした。結果は、機内サービスで、座席はファースト、食事はエコノミーのメニューにキャビアを合わせて、それで了解してもらったとのことでした。さすが、外交官、食事程度のことでは、あまり強いクレームをしないのかも知れません。それとも、モスコーとパリの間の飛行時間は約三時間、到着後には、もっと素晴らしいデイナーが待っていたのかもしれません？

これは、業務知識の不足から起こった失敗例ですが、後日、この大使館にお詫びに伺いました。その後も、この大使館から、時々、予約の電話を貰いましたので、許してくれたものと思います。アフリカにある、このイスラム系の国には今でも感謝しています。

以後、出発当日のファースト・クラスの予約の際には、三名以上の場合、座席提供は可能でも、食事は、エコノミー・クラスで了解を貰うよう心掛けました。

やはり、「郷に入ったら、郷に従え」ということが必要で、失敗は繰り返してはいけません。

でも、失敗に懲りて、慎重になり過ぎてもいけませんね。

もう一つも、私のケアレス・ミスから発生した失敗談です。

当時は、モスコー市内と空港の間の電話回線は、あまり良くなく、連絡事項を記録に残す必要もあり、航空機の到着や出発時刻の変更などについて、空港と市内支店間の連絡も、テレタイプを利用して行なっていました。長距離飛行が可能なジャンボ機は、太平洋線とヨーロッパ線の一部にしか導入されておらず、直行路線も少ない時代で、モスコー－東京間の飛行時間、約九時間は長い路線の一つでした。航空券発券のカウンターはホテルの一室にあり、テレタイプはその部屋の並びの別室にあったのです。この日も週末、一人で勤務していました。

米国人の旅客が、航空運賃と発券の問い合わせに来店されました。複雑な旅程で、応対中にテレタイプの連絡が入っていたのです。内容は、「本日のヨーロッパ発の航空機は二時間ほど到着が遅れる。そのため、モスコー発東京行きもディレイ・セットする。機長をはじめ、乗員のホテルのチェック・アウト、ホテルの出発も二時間ほど遅らせるよう連絡をとりたし」というものでした。

乗務員も、支店がある同じホテルに宿泊をしていましたが、万一、変更事項が発生した場合は、こちらから連絡を取る規定になっていました。しかし、接客に気を取られ、テレタイプのチェックが二〇分ほど遅れてしまったのです。

「しまった」。乗員の責任者の部屋に電話を入れましたが、応答がありません。一階まで下りて、直接連絡をしなければ……。一階に通ずるエレベーターは二台ありましたが、二つとも動かず、停止状態。上がってくる気配は全くなし。「アー」。大声を出してもその声は達せず、待てどもエレベーターは来たらず。ほんの数分の間ですが、なんとその時間は永く感じられたことでしょうか。

このホテルは二〇階以上ある、市内でも有数の、スターリンの時代に建設された高層ホテルですが、自動運転ではなく、エレベーター係りが操作しています。時として、昼の利用者の少ない時間帯には、オペレーターは階下のロビーでタバコを吸ったりして休んでいることもあるのです。非常階段はいつも、鍵が掛かっていて、階段を利用して階下へ下りることはできません。火事などの緊急の場合、非常階段に鍵が掛かっていれば脱出に障害になると思われますが、いつもは鍵が掛けられているのです。また、各フロアーに鍵番といわれる、女性職員が宿泊客の出入りをウオッチしているのですが、生憎、この時は離席中。あれこれし、やっと一階までたどり着いた時、乗員を乗せたマイクロバスは空港へ向かい、すでに出発していました。アー、ウーン。

このまま、乗務員が空港に行ってしまうと、乗員勤務の拘束時間制限にかかり、搭乗の旅客にも迷惑を掛けてしまう可能性があるのです。空港では連絡がないことで揉めたようです。

支店長に連絡をとり、乗員に理由を説明してもらい、結果は一件落着となりました。

飛行機は無事、東京に向け出発して行きました。私は胸をなでおろしました。

テレタイプの判読遅れという小さなケアレス・ミス、エレベーターが来ず、その前で焦りまくっても無駄。小さな不注意が、旅客や職場の仲間にも、大きな迷惑を及ぼすところでした。

これらの失敗は日本国内では、多分、それほど苦労しなくても解決できるケースです。しかし、政治・経済、社会制度、そして、習慣も異なる外国での仕事には、何事も細心の注意と気配りが必要だということを痛感しました。現在でも、これらの出来事を思い出すと、冷や汗が出てくることもあります。ホスピタリティー・マインドのこもる、高品質のサービスを提供するためには、経済制度、国境、言葉、環境、習慣などの壁を越えて、お客様から評価され、満足されるものでなければなりません。

二〇〇五年七月、日ロのITとビジネス拡大のための会議が、このウクライナ・ホテルで開催されました。両国の政府や企業のトップクラスが出席し、エネルギー開発、ロシアの高速鉄道化、相互訪問の三倍増などが討議され、会議は成果を生んだとのことです。

スターリン時代に建てられた、このホテルのエレベーターも、競走時代を迎えたロシアで、高品質のサービスで宿泊客を増やすため、欧米並みのスピードと頻度で、上下の運転を繰り返していることでしょう。もちろん、自動運転で。

失敗談を聞いて、この本をお読み頂く読者の皆さんも、少しお疲れでしょう。この章の締め括りに、鉄道や航空機などの交通、観光に関する、ロシアのジョークや格言の幾つかを、ご紹介致したいと思います。笑いやユーモアーの陰に真実がある、とも言われますが、ロシアという国が皆さんにどのように映り、伝わることでしょうか。

●観光は多くの国の人々を、近づけ、結び付けるものですが、旅先の悪いサービスは、人々の心を離れさせるもの。

●航空機は、空を飛ぶ快適な乗り物、夢を運びます。朝食はワルシャワで、昼はロンドン、デイナーはニューヨーク、そして、預けた荷物はブエノス・アイレスへ。

●食堂車を訪ねた後に、乗客は、どうしても、自分の座席に戻ることができません。車掌が不審そうに尋ねます。「座席番号をお忘れですか?」。その乗客は答えます、「イヤ、はっきりと覚えているよ。窓の外には、森があったことを、ウィー」。

●一人の乗客が、搭乗を前にして恐怖心で震えています。パイロットのところへ行き、言いました。「機長さん、私は今回、初めて飛行機に乗るので、細心の注意で操縦して下さい」。機長は、震える声と膝を抑えながら、その乗客に答えます。「お客様、安心して下さい。貴方一人ではありません。私も初飛行なのですから」。

●寝台列車のクーペに男性の乗客とご夫人が、乗り合わせました。出発して、しばらくすると、二人の間に会話が始まりました。さらに、しばし時間が経つとその男性は、「マダム、今、何をお考えですか? 私も、多分、貴女と同じことを考えていると思います」と夫人に言いました。すると、夫人は、「アラー、まー、貴方はなんと下品な人なのでしょう」と答えました。

●空港でアナウンスが行われました。「ご搭乗の皆様、飛行機の出発時間が遅れないように、今すぐ、見送りの方とくちづけを交わし始めてください」。

●パイロットは幸せでした。操縦の仕事を終えて空港に戻ると、そこにはガールフレンドが待っていたから。

列車の機関士は幸せでした。運転の仕事を終えて駅に戻ると、そこにはガールフレンドが待っていたから。

船員は幸せでした。航海を終えて、港に戻るとガールフレンドが待っていたから。

でも、この女性一人だけは大変でした。空港から駅へ、駅から港へと、大急ぎで駆けつけなければならなかったのですから。

この他にも、交通機関や観光についてのジョークが、たくさんありますが、一部を紹介致しました。

色々の解釈ができると思いますが、これらは、あくまでも、軽い冗談と捉えて下さい。

しかし、このジョークを通して、皆さんはロシア人や国を、どのように感じますか。

意外とユーモアーを解する、大人の社会であると思いませんか。

第八章　わが愛車の運命

ヘルシンキで買った車は、途中の操作ミスにより、オートバイのようなエンジン音を出すようになってしまいました。モスコーに帰った後も、しばらくは、大きな音のまま、街中の運転を続けていました。幸い、約二ヶ月経ったころ、ヘルシンキのデイーラーが、車の点検サービスに来ることになりました。前を走る車を追い越すため、ギアをニュートラルにしたまま、アクセルを深く踏み過ぎたため、エンジンが故障してしまったようです。

修理後は、もとの静かなエンジン音に戻り、車が少ないモスコー市内の道路で、スピードを上げて走ることに、快感を覚え始めていました。

車が元通りになると、今度は私にとって、新しい問題が発生しました。

車のナンバーはフィンランドのもので、仮のものです。入国後、新しいナンバープレートをソ連側から発行してもらう必要があるのです。支店の総務を通じ、車のナンバーを発行するよう依頼しました。しかし、返事は、発行する条件として、購入価格の二百パーセントの税金を払えというのです。

理由は、ソ連と日本の航空協定は、互恵、相互主義を原則としている。東京に駐在するアエロフロート航空のロシア人職員はすべて、日本車を購入し、利用している。しかるに、ロシアに駐在する日本人職員は、ごく一部がロシアの国産車を利用するが、他の殆どの職員は、日本車か、外国車を使用している。このことは日ソの航空協定の相互主義に反している。

だから、私の車のソ連ナンバーは輸入関税を払わないかぎり、出さないというのです。赴任の際、国外退去や紛争などの特別な理由がない限り、三年以上は駐在する覚悟で、その間の生活必需品、食料など、なけなしの貯金と（恥ずかしい話）親に借金して買い込み、持参した資金も十万円ほどしかありません。まして、車は全額、会社から給料天引きのローンで購入したのです。

ソ連のナンバープレートは、外国人の場合、白いプレートに黒い文字で数字が記入され、その頭に国別の番号が書かれます。日本の国別番号は5で、外交官の車にはDという文字が、商社や民間人所有の車にはMという文字が書かれます。日本人の民間人保有の車のナンバーは、例えば「M5　333」と書かれるのです。日本の航空会社の代表事務所として、初めて開設された時は、Dナンバーだったそうですが、私が着任した時にはMになっていました。

蓄えもなく、車のローンの支払いと、二百パーセントの税金は到底払えません。フィンランド製のナンバーは赤い文字で書かれていて、目立ちましたが、どうすることも出来ません。そのまま、乗り続ける覚悟を決めました。

その後、T総理が、お嬢さんのM子さんとヨーロッパを歴訪、帰途、モスコーにもチャーター機で到着することになりました。滞在は、三日間だったと記憶していますが、支店長より、大使館からの要請により、ある手伝いをして欲しいとのことで、到着当日に、滞在中のクレムリン宮殿の中まで、私の車で行って欲しいというのです。

しかし、車のナンバーはフィンランドのままで、ソ連のナンバーではないために、クレムリン内に入るのは、難しいのではないかと危惧しました。

結局のところ、正式のルートを通じ、入門と通行の許可が出て、数日間はこのナンバーで、クレムリン宮殿内へ入ることが出来ました。基本的には「ノー」のソ連でも、上が「イエス」といえば全てが「イエス」で進むのです。お陰で、一般の人が立ち入ることが難しい、ロシア帝政時代に建築されたクレムリン内、金箔のエカテリーナの間、その奥までも立ち入り、眼にすることができました。

首脳が会談する会議場には、東西冷戦時の一方の最大国家、ソ連の指導者が、日本から訪問した総理を出迎えるために立っていました。

そこには、時には、何台かの車に先導され、カーテンで窓が覆われたソ連製の超大型高級車、〝ジル〟に乗り、高速で中央の車線を走り抜け、革命記念日には、赤の広場で、大陸弾道弾を載せた車列や、赤軍部隊のパレードを観閲し、巨大国家ロシアを誇示するかのように立つ、ブレジネフ書記長がおりました。議会で、十時間以上もの施政演説を、延々と行い、エネルギーに満ちた権力者が。

ある革命記念日の、前の日の日曜日、支店で一人勤務、夕方六時過ぎに仕事を終え、車で自宅へ帰る時の出来事です。一一月になると、夕方四時頃から日没となり、市内では小雪が舞い、時には、雪が降り積もります。

その日も、小雪が降っていましたが、帰宅途中に、交通警察官が合図、横道に入り、そこで停車しているようにというのです。わき道で待機していると、間もなく巨大ロケットやミサイルを載せたトレーラーや戦車が近づき、ゴーという音を立てて、ゆっくりと、通り過ぎて行きました。

この隊列が通り過ぎるまで、三〇分程要したと思いますが、その迫力と大きさに、ある種の恐怖さえ感じました。それは、翌日、赤の広場で行われる、革命記念日のパレード用隊列の、クレムリン方面に向かう移動でした。巨大で強力な軍事力の固まりのような隊列を見て、思ったことは、過去の日露戦争のこと、そして、どんなことがあっても、日本のみならず、世界がこのロシア・ソビエトとは戦争してはならない。国際間の全ての紛争は、交渉により、平和裏に解決しなければならない、ということでした。

眼前の書記長は、眉毛が濃く、肩幅も広い大柄、大国の偉大な指導者、権力者に対して、大変失礼ですが、当時いわれていた、北極の「白熊」にふさわしい容姿をしていました。

一方の、総理大臣は、「日本列島改造論」を掲げ、それがブームとなり、強い個性と指導力で、日本政界の最高権力者に登りつめた人です。訪ソは就任後、どれ程月日が経っていたか、定かではありませんが、就任時は国民の人気も高く、近くで見る総理は、会談を前に、緊張の中でも自信に満ちた印象で、書記長と比べると、身長は少し小さい感じはしましたが、胸をはった姿勢は、これまた、一歩も引けをとらない、互角の風格をしていました。

会談終了後、総理と書記長は顔を紅潮させ、部屋から出てきました。

記者会見に臨んだ総理は、領土問題も提議し、会談は成果を得たと、コメントしたと記憶しています。

そして、総理一行は日本へ戻って行きました。クレムリン宮殿内での初体験の役目も終わり。

フィンランド車番での出入りも大した問題もなく、スムーズに通過することができました。

やがて、帰国後、人気が高かったT総理に関し、航空機に関わる事件が表面化して退任、逮捕のニュース。時の権力者も逮捕されたことを耳にして、民主政治、権力者とは、そして、一寸先は闇といわれる政治の世界、今後の航空行政への影響などを考えました。

その後、約三〇年が過ぎ、プチ留学のためにモスコーを訪問中、留守家族に電話を入れると、新内閣が発足、その中に、なんと、五名の女性閣僚が選任されたとのこと。また、その中に、M子さんも含まれているとのことで、時の流れと、日本の新しい時代の到来の、息吹さえ感じました。しかし、それほど長い日を経ずして、「重いので、後ろを振り向くと、スカートを踏まれていた」という類の、名言を残して、退任してしまいましたが。

一方では何年も続く巨大政権の指導者、一般国民の批判をよしとしない政治体制、陰ではささやかれる、非効率の社会制度などについても、大いに考えさせられました。

時が経ち、力強く、そして、何時間にもおよぶ演説を誇ったこの指導者も、言葉の廻りに滑らかさを欠き、長期政権が経済停滞の要因になった、とも言われるようになりました。

問題のナンバープレートは、その後開かれた、日ソの航空協議の際に提議され、条件つきながら、無関税でロシアの番号を許可する、との了解をもらいました。

条件とは帰国する際に、この車をソ連以外の国へ持ち出すこと、国内で売ってはならないということでした。これは、手持ちの資金に余裕のない私にとって、神や仏様からのプレゼントにも思えました。

この頃のロシアでは、車社会はまだ始まっておらず、一般のロシア人が車を購入する場合、資金があっても、注文から納車まで、通常、三年は掛かると言われていました。

現在のロシアでは、簡単に手にできますが、車には、今でも大きな興味を持っているようです。それを証明するような、夫婦の間の会話があります。ここで紹介しましょう。

奥さんが旦那さんに言います。「あなた、二ヶ月も掛けて、どの車にするか、まだ、決められないの！」。「私には、初めて会ってから、二日後には、結婚のプロポーズをしたくせに」。

旦那は答えます。「ナターシャ、そうなんだ。それほど、車選びは大切なんだよ」と。

ロシア人にとって車は、寒い冬を無事に乗り越え、レジャーなどにも大切な乗り物で、興味の大きな対象であることは、これでお判りと思います。そのほかに、ロシア女性は素晴らしく、大切なベターハーフ選びも、車選びよりは簡単だと言ったら、余りにも、うがち過ぎでしょうか。


車とは、直接、関係がありませんが、ここで料理について書きたいと思います。

ロシア料理といえば、キャビアに代表される、高価で豪華な前菜、彩あざやかなボルシチ、キノコ入りの壺料理、ピロシキ、そして黒パンなどが有名ですが、ボリュームが多いのと、肉を中心とした、少し脂肪分の多いメニューが特徴です。アイスクリームも、美味しく、寒い国で意外と思うでしょうが、消費量も世界一と言われています。脂肪分が多いのは、寒い冬を乗り切るために必要な生活の知恵なのでしょう。

ロシア人女性は、一般的に、よく食べて、太っているとの印象をお持ちでしょうが、若い頃の華麗な?スタイル維持に心配りする最近の女性は、カロリーの取り過ぎ、脂肪の摂取を控えているようです。エアロビックス・ダンスに励む人も、結構多いと聞きます。

ロシア料理に少し飽き、日本の味が恋しくなる頃を見計らって、日本からの旅行者や日ソ間を何度も往復するリピーターを、自宅に招くことがあるのですが、この時にも、自家用車での送り迎えが必要です。

我が家には、特別のメニューはありませんでしたが、来られたお客さんには、「手打うどん」がメニューに組み込まれていました。ロシアの小麦粉は、色が少し黒いのですが、腰と粘りがあり、餃子に似たロシア料理の、ペレメニの皮や手打ちうどんには最適、「もってこい」なのです。通いでくるお手伝いさんが、ロシア風の食事を作る日を除いて、わが家は質素なメニューでしたが、来客の際は、時々この「手打ちうどん」と日本から持参した「ひじきの煮物」を食卓に出しておりました。特に、長期滞在の訪問者にはこの二品が好評でした。

なんといっても、今では日本の家庭で見かける事も、殆どなくなった、うどん作りの機械を持参して来たのですから。このうどんは、黒い色の、チョッピリ讃岐風、麺類が好きな私はもちろん、日本食が恋しく、オーバーに言えば、日本の味に飢えている来客には、大変、喜ばれたものです。それに、水に浸しておいたオニオンスライスに、カツオ節をのせた小皿、さらに夏になると、稀に、野生のミツバに出会うことがあり、これを付きだしにすれば、高級な和風レストランならずとも、日本食堂です。私がこれらの料理を作るわけではありませんが。

市内のドル・ショップでは世界の銘酒、今では、お目にかかることがなく、私にとって、全く、幻となってしまった、ワインやコニャック類が、多分、世界一の安さで手に入ったのです。

これらのアルコールでもてなせば、ほとんどの方が、帰り際に、「次回、訪ロの時には日本から何をお土産に」と訊ね、帰って行かれました。私の答えは常に「かまぼこと納豆」でした。

ちなみに、このロシアの小麦粉が、うどんや餃子の皮に最適で、いかに美味しいかを証明する逸話があります。

この小麦粉が気に入り、駐在生活も終え、日本へ帰任する時に、引越し荷物の中に入れ、シベリア鉄道で、この粉を送ったご家族がありました。シベリア鉄道と船を利用した引越荷物が日本のご自宅に配達され、思い出の多い、この荷物を開けた時、そのご家族は大変驚かれ、落胆されたとのことです。はるばる何千キロを越えてきた、大切な家財道具や荷物が、粉まみれになってしまったのです。想い出の粉で餃子を作れなくて、さぞ、残念だったでしょう。

この話を聞いてから、小麦粉を日本へ送る方は、無くなったようですが。

車は営業や、接客のほか、食料の買出しにも大切な足で、車と食料の買出しは切り離せません。現在のモスコーではコンビニ形式の店もでき、キオスクも商品の品揃えが豊富になりましたが、良い商品で、かつ、欧米や日本と比べても、適正価格の店はドル・ショップしかなかったのです。外為銀行のレートで換算した場合、国営商店の店頭価格は、品質と比較しても随分と割高でした。しかし、外国人専用の食品店は、市内に二ヶ所しかなく、場所も街の中心から、離れたところにあり、週末のまとめ買いには、どうしても車が必要なのです。

食料品の買出しで、思い出されるのは、やはり冷凍の貝柱です。

モスコーでは現在、日本食ブームで、今や、市内に百軒以上の日本料理店や居酒店があり、特に、寿司が超人気とのことで、大の様変わりです。当時、アジアの国の料理を提供するのは、中国料理のレストラン「北京」のみ一軒、日本料理店は皆無で、この中国料理店も、中ソ論争のあおりで中国人のシェフは全員帰国、代わりにロシア人が料理を作っていました。

唯一、この店で味わえる中国料理の風味は、ザーサイとジャスミン茶でした。それでも、中国料理が恋しくなり、時々、ザーサイを求めて通いましたが、量も多く、残った時には、自宅に「おみや」として持帰ったものです。

そんな訳で、駐在するほとんどの日本人は、日本食、特に、刺身にあこがれたものです。

「すし」をたらふく食べる夢を、時々見たりもしたものです。年明けになると、日本から取り寄せた、

「NHK紅白歌合戦」や「寅さん」などの、日本映画の上映会が、開かれたりしましたが、その中で、寿司のシーンが出てくると、特に、子供たちからブーイングにも似た、大きなため息が漏れてきたりもしたものです。

駐在中、何度か、日本人会のヨーロッパ訪問旅行を実施し、フランスやスペインなどの都市に、添乗しました。表向きの目的は、観光名所や旧跡訪問、城めぐり、買い物をメインとしたものですが、一方ではストレス解消、明るい太陽光線、うまい味などを求める旅でもありました。

そのため、ほとんどの参加者は、旅程中、最低一～二回、日本料理のレストランでの会食を組み込むように希望していました。

そんな折、報道関係、特に、NHKは色々な情報の入手が早い、ということを知らされました。カウンターに来られたその方は、冷凍の貝柱が、数日後、モスコーのオケアンという魚屋の店頭に出るというのです。太平洋で取れた貝柱が、シベリア鉄道を利用し、モスコーに向かっており、その貨車がシベリアの、ある町を通過中で、あと何日かすると、そのオケアンの店頭に並ぶと言うのです。

予告どおり、冷凍の貝柱はその店に並びました。

早速、その店に駆けつけ、数キロ入りのダンボールに入った、貝柱の包みを何個か買いました。そして、自宅の冷凍庫へ。それから、親しい知人に、冷凍貝柱が売りに出ていることを、電話で連絡しました。数日間、モスコー在住の日本人の間では、この貝柱が話題の中心となり、何方も、明るくなったかのように感じられました。私も、その後、あれ程美味しい、生の貝柱に出会っていません。それほど、感激したのです。

報道関係者の情報収集力のすごさ？　情報を得るための日頃の人間関係、コミュニケーション作り、そして、貝柱の味に脱帽です。それにしても、このオケアンには、勤務中に行ったのかどうかを、お尋ねにならない寛容さを、どうぞお願い致します。

再び、話題を車に戻しましょう。

マイカーには、色々な人に同乗願いましたが、当時、清純派で売り、ロシアとの合作映画に出演し、さらに、私の憧れの女優でもあった方を、映画祭の会場まで送ったこともあると記憶しています。その時は、緊張でハンドルを握る手も、少し硬くなったのは、言うまでもありません。

そして、忘れられないのは、やはり、有名なビッグ・バンドのリーダー、シャープス・アンド・フラッツの原　信夫さんを自宅にお呼びした時です。ＶＩＰに限りませんが、同乗者がある場合は、特に、安全運転に心掛けねばなりません。走る車が少なくても、かなりのスピードで走る車も多く、冬には、道路もアイス・バーンとなり、スリップ事故も起こしやすいのです。

車の保険には入っていましたが、万一、外国で裁判になった場合、ロシアに限らず、不利な結果が予想され、何よりも細心の注意が必要です。実際、ほとんどの駐在員は、ロシアで、大なり小なり、車の事故やトラブルに遭遇したと言われます。私は、ヘルシンキからの帰路、羊を轢いたり、アクセル操作ミスによる、エンジンの故障以外に、約二年半の間、幸いにも、大きな事故はありませんでした。

支店の駐在社員は、ほぼ、着任順に帰国していきました。

市内と空港、勤める場所は異なっても、海外においては安全運航や定時性、良いサービスを維持するために、空港勤務者との連携はより大切です。屋内の仕事と異なり、炎熱の国や、極寒の地の空港の屋外で働く仲間には、正直、頭が下がる思いです。まして、政治・社会体制の異なる国においては。仕事を離れたプライベートの生活でも、世話になる機会も多く、帰任時には必ず、空港へ見送りに行きました。

見送る飛行機が離陸し、空港から市内への帰りの車の中では、あと、何人で帰国できるかと、指折り数えたりもしていました。

駐在もほぼ、三年目が近づき、先に着任した同僚や上司の、帰国時の空港見送りも、あと一人かと思われる頃、生活必需品で、世話になった、大切なこの車を、どう処理しようかということが頭によぎり始めました。フィンランドの仮番号から、ソ連のものに変えた時に誓約したこともあり、帰国が近づくと、車の今後を考える必要が生じてきました。帰国時にソ連以外の国に持ち出すこと、ソ連国内で転売してはならないという誓約を、誠実に実行しなければなりません。一番簡単なことは、日本へ持ち帰ることですが、三年乗った車は路上に撒かれた融雪剤の影響で、部分的な傷もできていて、持ち帰っても故障してしまう可能性が大でした。

ローンの支払いは、ほぼ終わっていましたが、日本での評価は多分、ゼロ以下、日本へ送り返す輸送費用と比べても計算が合いません。さらに、ヘルシンキまで、再び、約一、二〇〇キロの道を運転して行かなければならないかも。旧ソ連圏の東欧では、日本車の評価が高いので、それらの国へ持ち出したら、とのアドバイスもありましたが、なかなか決心がつかないでいました。

帰国まで数ヶ月になったある日曜日、交差点の赤信号で停車しました。

信号待ちで、頭を座席の枕の部分に寄り掛けました。その瞬間、大きな音とともに、強い衝撃を受けました。

大型トラックが信号待ちのところへ、突っ込んできたのです。幸い、座席に頭を付けていて、首や体に変調はありません。交差点内に押し出された車を停めたまま、外へ出てみました。

すると、後ろのトランク部分が見事に、大きくえぐられ、ペチャンコ状態です。

幸い、燃料タンクが燃え出す気配はありません。トラックの運転手は、運転席から出てくる様子がなく、ロシア語で強くなじると、やっと降りてきました。

愛車は交差点の中で、他の車や歩行者の妨げになるため、トランクは全く凹んでしまったが、動くようなので、その運転手に、互いに車を移動させ、交差点を出て、反対側の路上で話し合うことを伝えました。

運転手は「ダー・ダー」と同意。私は直進し、交差点を少し出た路側に車を停め、そのトラックを待ちました。ところが、なんと、トラックは急発進し、交差点を左折して、猛スピードで走り去ってしまったのです。一瞬唖然としましたが、すぐに車の番号を書き留めました。

支店に行き、同じ職場のロシア人職員に警察関係、保険関係などの対応を頼みました。

面倒で複雑な出来事の解決に、強い味方となるのが、一緒に働いていたロシア人の二人の職員でした。

一人は、営業担当のバレンチナ・ボガノワ（通称：ワーリヤ）さんと、もう一人はマリーナ・ドゥブロービナ（通称：マリーナ）さんという二人の女性職員でした。

日頃は、反ソ連的とはいわないまでも、軽い批判などすると、怒り、日本のパトリオット（愛国者）だとなじり、皮肉られることもありましたが、子供が病気をしたり、こちらが困った時には親身に相談にのり、ヘルプしてくれる女性達でもありました。原則や規則に厳しく、時には手強いこともありましたが、ロシア人らしい、明るさと、優しさ、日本人とは少し異なるセンチメンタルな面も備えた女性達でした。まして、ソ連の社会制度や役所の組織などは、外国人にはとても判りづらく、また、微妙な交渉ごとは言葉の壁もあり、今回のケースでも、警察への連絡や保険関係など、全てをまかせることにしました。

書き留めた番号により、逃げた運転手はその後すぐに捕まりました。

追突の原因は、昼間からウオッカを飲み、注意が散漫になり、交差点で追突事故を起こしてしまい、飲酒運転がばれると怖いので、現場から逃げ去ったというのです。しかし、何故か、事故後、この運転手と面会し、賠償交渉など話す機会は、一度もありませんでした。直接、本人の謝罪もなく、これが、この国の制度かなとも思いました。

車の修理には、フィンランドから来てもらうか、送るしかなく、直ぐの修理は不可能です。このままでは運転できず、結局、廃車にすることにしました。

約三年間乗った車ですが、保険会社と交渉してもらった結果、買値のほぼ九〇パーセントで、さらに、保険金の支払いもドイツマルクでということです。

このブルー・カラーの車は吹雪く日や、凍った厳しい道路の運転にも耐え、一回のスリップ以外には、大きな事故もなく、様々な人々を乗せて、無事に過ごさせてくれました。時には、トルストイの家を訪ね、春、夏、秋には森の中への散策などにも同行した、忠実な足でした。

愛着もあり、廃車にすることに、少し抵抗感もありましたが、ソ連の国外へ持ち出す必要がなくなり、ホットしたのも事実です。

レッカー車に引かれて、プロスペクト・ミーラのアパートを去る時、そっと、日本酒を掛けました。

感謝の気持ちを込めて。

　一般のロシア人は、ソ連製の車を買う場合でも、注文から納入まで、最低、三年は掛かると言われていましたが、駐在外国人は、支払いがルーブル以外の外貨なら、それほど待たずに納車が可能でした。帰国まで残り少なくなりましたが、車なしの生活は不便で、イタリアと合弁で作る、ジグリーといわれる一八〇〇ＣＣの車に乗り換えました。このソ連製の車ですと帰国する時に、公団が買戻しをし、三ヶ月使用した車でも、買った時とほぼ同額で、引き取ってもらうことができるのです。多分、購入待ちの人が多く、中古車として直ぐの転売が可能だったからなのでしょう。当然、車のナンバープレートも即、「いただく」ことができました。

　乗ってみると、イタリアと共同制作のジグリー車も、加速力もよく、乗り心地も、決して悪くありません。帰国前の悩みの一つが解消、私にとって、この追突事故は、結果として、災い転じて、福となる事故でした。


　ソビエト崩壊後、ニューリッチという新しい富裕層も生まれ、社会も大きく変貌、生活の向上とともに車社会を迎え、モスコーの朝夕のラッシュ時の混雑は、相当なものです。

　特に、外国製乗用車はステイタス・シンボルとして保有願望が高まり、欧州や日本、韓国などからの高級車の輸入も毎年、倍増とのこと。日本の自動車メーカーも、ロシア国内の生産に力を入れ始めました。

　ロシアから衛星放送などで、車のニュースが流れると、思い出されるのがヘルシンキとモスコー間の高速道路、そして、ブルーのマイカーです。

この車はトランク部分が修理され、その後、モスコー市内を走る姿を、何度か見たというロシア人の知人もおりましたが。

第九章　強制国外退去させられてしまった、親ロシアの人、上野さん

三年余りのモスコー生活で、一緒に勤務し、お世話になった方はたくさんいますが、特に忘れられない方がいます。

その人は上野さんといいます。それだけでは、多分、お判りにならないと思いますが、戦前に旧満州、特に、ハルビンに住んだことのある人や、戦後、モスコーを訪問したことのある人で、上野さんの名前が友蔵さんと知ったら、懐かしく思う方もいるのではないでしょうか。

第二次大戦も終わりを迎え、たくさんの日本兵や民間人が、シベリア各地の収容所に連れて行かれましたが、上野さんは、その中でも一番遠い、モスコーまで送られたのです。

理由は抑留された人々の中でも、多分、罪が重いと判断されたからなのでしょう。

上野さんは、長期に及ぶ囚われの身から開放された頃、日ソ間の航空交渉も妥結、日本側のナショナル・フラッグ・キャリアーといわれた、航空会社のモスコー事務所も開設され、そこに勤めることになりました。

上野さんは、モスコー市内の地下鉄プロスペクト・ミーラ駅近くの、外国人アパートにご家族と一緒に住んでおられました。私たち家族も、階は異なりますが、同じ玄関口の共同住宅に住むことになりま

した。近くに、現在では、ソ連から独立したラトビアの首都となった、リガ行きの列車が発着する鉄道の駅がありました。このアパートは外国人専用としては、市内でも一番古くに建てられたものと言われ、北朝鮮をはじめ、ポーランドやルーマニア、そして、アフリカなどの比較的、親ソ的な国の外交官家族が、多く住んでいました。日本人も、上野さんのご家族の他、日本人学校の先生や商社、会社の同僚など、数家族が住んでいました。

この地域は、どちらかといえば下町風で、リガ駅の近くには、国営商店とは異なり、野菜や肉など、個人が作った、持ち込みの商品が売られる市場がありました。南のグルジアやウズベキスタンなどのイスラム圏に近い、連邦内共和国からも飛行機に乗り、売りに来る商人や農民達もいます。値段も、交渉次第というところがあり、全国統一価格の、国営商店にはない雰囲気があり、値段のやり取りで、結構、訛りはありますが、ロシア語の学習ができる場所でもありました。何といっても良いところは、品数の限られた国営店と比べ、値段は少々高くても、ほうれん草など、日本では馴染みの野菜を、時々、見つけたりすることがあるのです。

日本人は欧米人に比べ、野菜を摂取することが好きだ、と言われますが、冬になると、国営の食料品店やドル・ショップでは、青物の野菜が極端に少なくなってしまうのです。この市場はその野菜不足を補充する所で、ほうれん草などを見つけると、大変な喜びを感じたものです。

ほうれん草やカブ大根は、ウズベキスタンのタシケント市や、その近郊に、韓国・朝鮮系の人が多く住んでいて、そこで作ったものを売りに出すのです。

着任時はモスコーでの生活に不案内で、幼く、いたずら盛りの子供を抱えて、緊急時や夜間の医者の紹介や連絡など、上野さん、特に、奥さんには、この市場に連れていってもらうなど、色々とお世話になりました。

当時のソ連は、頼み事がある場合には、基本的には何事も、省や局、市などに公式の文書の提出が必要でした。たとえば、お手伝いさんに来てもらう場合でも、勝手に町の中で探し、自分の条件に合うお手伝いさんを、直談判で決めてしまうことは許されないのです。

依頼が必要の場合は支店長名で、関連先に文書を提出するのですが、上野さんが日本文をロシア語に訳し、色々と折衝の任にあたるケースが多いのです。そのような訳で折衝ごとは業務上、個人的な事情を問わず、殆どのことで上野さんを煩わせねばなりませんでした。

上野さんご本人や、上野さんを知る人によると、上野さんは若い時代に、ハルビン学院でロシア語を学び、満鉄時代に、そして、長い間のロシア人との接触を通して、磨きをかけたとの事です。ロシア語は、文法、特に格の変化が複雑ですが、私のような、ポット出のロシア語学習者と異なり、ロシア語の公用的な文章力は、一緒に働くロシア人職員からも高く評価されていました。

私の車のナンバー取得の場合も、上野さんには、大変お世話になったものです。

偶然にも、上野さんはハルビン学院で、私も学生時代に学んだ、日本のロシア語界の四天王の一人といわれた、染谷　茂先生にも学んだと言っていました。

終戦を迎え、上野さんもソ連に囚われました。

多数の日本人が捕虜となり、シベリアの各地に送られ、前述の鈴木君のお父さんと同様、そこで亡くなった方が多かったのですが、上野さんは、その経歴からか、赤の広場の近くにある、ジェルジンスキー広場に面した、建物内の刑務所に連れて来られてしまったとのことです。

この広場の中ほどには、ポーランド出身で、十月革命では軍事革命委員として蜂起を指導、その後、KGBの基礎を築いたといわれるジェルジンスキーの銅像が立っています。

その正面の建物は旧ソ連の情報機関、KGB本部があったところです。上野さんはこの建物の中で、数年の歳月を送ったとのことですが、シベリアからここへ連れてこられた時の恐怖はどのようなものか、私には想像もできません。

ウクライナ・ホテルで仕事が終わり、車で帰宅する場合、普通は、一番近くて速いルート、ホテルを出てモスコー川を渡り、クレムリン方面へ向かい、赤の広場の近くを通り、ジェルジンスキー広場をほぼ四分の三周、KGB本部の建物の横を通り抜け、プロスペクト・ミーラにあるアパートへ向かうのです。上野さんの出・退勤は、ほとんどの場合、お嬢さんが送り迎えをしていましたが、時には、上野さんとこの道路を通り、一緒にアパートへ帰宅することもありました。KGB本部を通り抜けるとき、上野さんは、無言の場合が多かったのですが、厳しい取り調べを、思い出したこともあったでしょう。私はあえてその過去を尋ねることはしないようにしていましたが。

一方、奥さんの出身地は長崎県、故郷の町は海に近かったそうで、魚料理、魚のさばき方が大変上手な方でした。モスコーは海から遠い、内陸の街で、市内では新鮮で、捕りたての魚を売る店は少なく、タイやマグロなど、刺身にできる魚を、店頭に置く店は極く稀でした。

しかし、上野さんの家で、時には、刺身料理をごちそうになることができるのです。

海なし県育ちでも、魚が好きな私は、上野さんのお宅で、魚料理をよくご馳走になりました。

滞在者や日本からの訪問者も、上野さんのお宅に、よく招かれました。

同じアパートに住むからでしょうが、お声を掛けてもらうことが多く、その際は喜んで伺いました。

著名人が上野さん宅を訪れることも多く、経験豊かな人々の話を聞ける機会で、その後の人生にも役に立つ、出会いの場をも与えてくれる、サロンでもありました。

そのような日常の中で、ある時、驚くようなことが起こったのです。

上野さんに、ソ連から、突然、国外退去の命令が出たのです。退去の理由ははっきりとは示されませんでしたが、日本側にソ連に対する、非友好的な行為があったというのです。戦時中の上野さんの行為は、ソ連から見ると敵対的であったかもしれません。しかし、上野さんは収容所で長年過ごし、その罪はすでに償った筈でした。

上野さんは当時、すでに、ある程度の年齢を重ねており、誠実な人柄で、ソ連に敵対したり、不利益を与え、国外退去に相当する行為、行動をするような人ではありません。

そのため、何かの間違いで、国外退去令も、やがて状況の変化とともに、解除されるものと考えていました。ところが、数日後、再び呼び出しがあり、この命令に変更はなく、期限以内に出国せよとのことです。

結局、上野さんのご家族は、急遽引越し荷物を作り、住み慣れたプロペクト・ミーラの外国人アパートを、慌しく去って行きました。

その後の話として、どうも国営航空アエロフロートの職員として、日本に駐在していた人物が、会社へ出社するよりも、東京郊外の街へ出かけることが多かった模様。日ソ間の民間航空の相互主義により、滞在ビザが切れると、お互いの社員は一度、国外に出て、再入国の承認手続きをし、ビザを得た後に、再入国することになっていました。

日本側がその人物に対して、入国申請時の理由以外の活動をしているとして、再入国のビザを出さなかったようです。これを非友好的行為とみなし、日本側のビザ発給拒否への対抗措置として、上野さんを国外退去としたようです。これが事実とすると、結局、上野さんは、東西冷戦の影響を受けてしまうことになったのでした。

モスコーの空港を離陸し、搭乗機がシベリアの上空を通過、日本海が見えるまでの数時間、上野さんはどのような気持ちで、眼下の景色を眺めていたことでしょうか。そして、ご自分の半生をどのように思ったことでしょうか。

終戦とともに、満州からシベリア鉄道に揺られながら、モスコーまで連行される。若い時代に、海外へ飛躍したいとの夢を持ったのか、それとも、国の命令に従い、この大陸に渡ったのか。異なる政治体制の中、長い間の日露の不信感、この二つの国の狭間で、大きな影響を受け、緊張感で揺れ動いた人生であったと言えるでしょう。

上野さんは自宅に、大きなシベリア猫を大切に飼っていましたが、急な出国のため、このネコを連れて、一緒に帰国することは不可能でした。

このネコ君は主人が帰国した後、しばらく広いアパートに、一匹で住んでいました。その後、ある人が帰国する際、一緒に日本へ連れて行ってもらうことになりました。

日本に送るため、ロシア人の運転手と、このネコを捕まえようとしました。シベリア猫は小型のヒョウといえばオーバーですが、かなり大きいのです。捕まえられることを嫌がり、毛と爪を立て、広い部屋中を逃げ回る。その形相に、ネコ君本人よりも、人間の方が怖がったものでした。猫は大変、神経質な動物といわれますが、多分、日本に着くまで、ジェット・エンジンの音に怯え続けたことでしょう。

同じ空路を飛んで、先に帰国したご主人の上野さんの気持ちを理解することは、なかったでしょうが。

戦犯としてモスコーまで連れて来られた上野さん、逆に、主人が帰国した後、いやいや捕られて、日本に送られるネコ君。心を推し量ることは不可能ですが、上野さんと同じく、このネコ君の運命も数奇なもので、決して、平坦なものではなかったでしょう。

上野さんはすでに亡くなっておられます。

私は列車の旅行が好きです。

私の夢の一つは、韓国と北朝鮮の間で、鉄路は繋がっているものの、いまだ運行が開始されていない、京幾鉄道を利用、あるいは中国を経由してロシア領に入り、シベリア鉄道に乗り継いで、体が動く間に、モスコーまでの鉄道の旅を、ゆっくりと愉しむことです。

その時、上野さんや鈴木君のお父さんを偲びたいと思います。

モスコーで大変、お世話になりました、上野さんの霊よ、安らかに。

第十章　ロシアの「鉄の女性」ワーリャ姉さん

ワーリャさんはバレンチナ・ボガノワといいます。

ワーリャさんは、ロシア人の中でも、最も親しい、尊敬する、そして、怖いお姉さんなのです。

大きな破壊、悲しみ、憎しみ、涙などのあらゆる悲劇をもたらした、第二次大戦も終わり、世界中がホットしました。しかし、それも束の間、一九五〇年の六月には朝鮮戦争が、年末にはベトナム戦争が始まり、その後、約一五年間も続き、さらにキューバ危機を迎え、またも第三次世界大戦の到来か、と世界中の人が心底、心配しました。

米ソを頂上とする東西の冷戦時代が、長い間続きました。

このような国際情勢の中で、各国は国威発揚や外貨獲得の目的から、ナシヨナル・フラッグ・キャリアと呼ばれる、国策の航空会社を作り、国内線を足がかりに、海外航空路線の開設や拡充に乗り出しました。利用旅客が少い路線では、二社ないし数社で共同運航の方式を取りながらも、自国の権益確保、収入拡大に努めました。特に世界一周路線の就航は、当時の航空会社にとっては最大の夢でもありました。

戦後、全ての航空機が焼却処分され、ゼロからの出発が必要な日本の空に、そして、いまだ連合軍統治が続く、一九五一年（昭和二六年）一〇月、日本航空が設立されました。

最初は、日本に乗り入れていた、ノースウエスト航空への委託運航で、一九五三年には「日航法」が公布され、自主運航と国際線開設、ジェット化も進めました。

国際線は、欧米の航空先進国に比べ、機材、路線、便数、経験、資金力のハンディーもあり、当初は乗客なしの日が続き、苦戦を強いられました。その後、海外支店網を広げ、米国等との航空交渉を経て、一九六七年三月、世界一周路線の開設にこぎつけました。

もう一つの念願は、日ソ航空交渉妥結による、モスコー経由、ヨーロッパ線の開設でした。

一九六三年、シベリア上空の開放を渋るソ連と、忍耐強い交渉を始めて、約三年後の一九六六年一月、暫定的に二年間、東京とモスコー間を、アエロフロートのＴＵ１１４型機で、共同運航を条件に、ようやく、合意・妥結しました。

運航開始は翌年四月一七日、モスコー発の第一便が、東京発は四月二〇日に、一名の日本人運航乗務員を乗せて、二つの首都を結ぶことになりました。

万一、生存していれば、江戸時代にシベリアに渡った大黒屋光太夫、日露戦争で戦い、亡くなった、多くの人々はどのような気持ちで、このニュースを聞いたことでしょう。

日ソ間の航空交渉妥結後、シベリア上空が自由主義圏の航空会社へも、逐次、開放されていきました。人々の訪問や交流の広がり、会話を交わすことにより、東西間の緊張の扉が少しずつ開かれ、緩和に繋がったと思います。

サハリン沖で、ソ連による悲しい大韓航空の撃墜事件が、その後に発生しましたが、当時、韓国とソ連の間で、航空協定が結ばれていれば、航空史上、この悲劇は存在しなかったでしょう。

その意味で、国家間で話し合い、理解、合意することは大切なことです。

日ソの航空協定の締結は、東西間の航空輸送事業の拡大、人々の交流促進などの、表の目的とともに、他国へのシベリア上空解放の魁となり、緊張緩和にも貢献したことに、大きな意義があると、私は考えています。

この協定の締結とともに、日本の航空会社の支店がモスコー市内に開設されました。

ワーリャさんは、航空座席の予約や発券を主な仕事とする、カウンター担当として、ロシア人として、最初に採用されました。当時、ロシア人職員の採用は、日本企業が勝手に雇用することは許されず、ソ連側が指名する人物と面接し、条件が合えば採用を決定するという仕組みでした。

ワーリャさんは目の色は、オーシャン・ブルー、姿勢も背筋がピンと伸び、接客向きの印象を与える人で、採用も比較的スムーズに決まったようです。現在、ワーリャさんは還暦を迎える年齢となりましたが、学校を卒業すると、国の指示で面接に訪問、間もなく入社。当時の彼女を知る人は一様に、若さに加え美しく、理知的であり、輝くようだったと言います。

ワーリャさんは英語の学校を卒業し、外国語は英語を得意としますが、性格も明るく、ユーモアのセンスと共に、仕事上の処理能力もあり、モチベーションの高い人です。

そして、ロシア人によくある、プライドを持ち、自分の意見をはっきりと、時にはストレートな物言い、表現をする人でもあります。そのために、イギリスでサッチャーさんが首相になった時、その容貌に加え意志の強さ、存在感、言葉の表現なども似ていることから、職場ではすぐにロシア版「鉄の女」、サッチャーと言われ始めたようです。

私が最初に会ったのは、ワーリャさんがこの航空会社の支店に入社後、すでに十年ほど経ち、日常の仕事は、殆ど、隅から隅まで熟知していました。そのため、社会主義という体制の異なる国での、慣れない業務や日常生活を含み、あらゆる点で世話になりました。

幼い子供を抱えての赴任で、病院をはじめ、レストランでのシューバという高価な皮の外套や帽子の盗難、交差点でのトラックとの追突事故、警察との折衝などにも積極的に協力して貰い、強い味方でもありました。

職員同士で、週末、モスコー郊外の川辺へピクニックに行ったり、トルストイの家や、ネギ坊主の形をした屋根の、ギリシャ正教の教会で有名な、ザ・ゴルスクの町を訪ねるなど、楽しい時間を過ごす機会も数多くありました。

一方で、ワーリャさんは、時には怖く、手ごわいライバル、敵という存在にも変身してしまうことがあります。当時は、東京からの到着便と、東京行き便が毎日一便あり、ロシア人職員の数も増えて、市内と空港を入れると大きな所帯になっていました。ワーリャさんはこのロシア人スタッフのリーダー、ある意味では女親分的な存在でもあったのです。駐在員宅で働く、お手伝いさんも入れて、月に一度の情報交換?を含むミーテイングがあり、勤務がもっとも長い彼女は議長的な役を果たしていたようでした。

ワーリャさんは、日本の航空会社に勤めた経験を通し、日本的なサービスを理解し、日頃、仕事もスムーズに廻っていきましたが、異なる社会制度の中での、サービス・スタンダードの理解や提供などの点で、時には微妙な食い違い、意見の相違が生じます。そのため、こちらが、意見や考えを強く主張すると、彼女から返ってくるのは、「あなたは日本のパトリオット（愛国者）」という批評や皮肉の言葉です。

今でも思い出す一つの出来事があります。

日頃は、支店の運転手さんとも、よい関係を持っていましたが、一人の運転手と顧客のところを訪れる機会があり、その際、予期せぬケースが発生。そこで私は彼をなじりました。

その場所で言わない言葉が曲げられ、拡大して伝わり、後日、私はワーリャさんから、「一ヶ月間、あなたには、だれにも職場でお茶を入れさせない」と告げられました。日本のパトリオット?とはては腹の虫が収まりませんが、「ここは国を離れて何百里の超大国」の首都、それに従うしかありません。いつもは、よくロシアン・テイーやコーヒーも入れてくれるのに。

現在のように、コンビニでペットボトル入りのお茶を、簡単に買える時代ではありません。事務所では自分でお茶を入れ、くやしいけれど、黙々と日本茶を飲んでいました。

「自分で入れた日本茶は美味しい」などと強がりを、ロシア語と日本語でひとり言いながら……。

理由は、たかだか、カレンダーで、この禁止令も一ヶ月を経ずして、解禁になりました。

カレンダーについては、その後、別の機会にもトラブルが起きましたが、その時は、ワーリャさんが登場し、無事解決に至りました。


ワーリャさんは、味方にすると強い援軍となりますが、敵に廻すと手強いということは、この例からも、お判り頂けると思います。時には、口論に近い議論をしたことも、何度かあります。

しかし、幼い子供を抱え、特に、寒さの厳しいモスコーでの生活も、明るく、楽しく、そして無事に過ごせたのも、ワーリャさんのお陰です。時々の論争や意見の相違では私が言い負けたり、引くケースが多かったのですが、小さな「喧嘩」を通じ、彼女との親しさも増して行きました。

やがて、約三年半の駐在生活を終え、家族と共に、帰国することになりましたが、他のロシア人職員とともに、彼女はシェレメチェーボ空港で見送ってくれました。

その際、ワーリャさんは私に「ロシア語はあまり上達しなかったけれど、今までの駐在員の中で、ロシア人の心を一番理解していた人」と言ってくれました。これには、別れ際の、かなりのお世辞も入っているのでしょうが、今でも、この言葉は心に残っています。

何度も、正しいロシア語を話すように、語尾の変化や発音を注意しても、ロシア語力が、あまり向上しないことに、彼女は、内心怒っていたのも事実でしょう。でも、仕事やプライベートの時間で、ワーリャさんという人を通して、ロシアやロシア人を知る機会を得たのは、間違いありません。

余談ですが、私がモスコー駐在生活を終え、日本に帰国した三日後、ソ連のジェット戦闘機、ミグ25に乗ったベレンコ飛行士が、日本海上空を超低空で飛行、亡命を求めて函館空港へ着陸しました。しばらくの間、新聞をはじめ日本国内の報道はこのニュースで持ち切りでした。

それから、長い間、訪れることはありませんでしたが、ソビエト崩壊後、二度ロシアを訪ねました。一度は、一九九八年九月、家族と一緒にロシアの通貨危機の頃、もう一度は、二〇〇一年三月、前述のプチ留学をするためでした。社会主義時代に、厳しく制限されていた、ロシア人との個人的な交流や接触も自由になり、一般の家庭に出入りすることも可能な、良い時代になりました。ホーム・ステイ先もワーリャさんに安いところを探して貰いました。

ワーリャさんは、北方の欧州系の人に特徴的な、鼻筋の通った顔に、ブルーアイをして、性格は明るさとウィットにも富むと書きましたが、心の繊細さに加え、広大なロシアの大地に育まれた心の広さを持つ人物です。一緒に働いていた頃のワーリャさんは、国を代表して日本の企業に勤めているような意識とプライド、肩に力が入った、心の硬さを感じさせていました。

本人は言いませんが、これは多分、異なる体制、資本主義の外国企業に勤める時に、国や組織から、それなりの指示、指導があったものと推測しています。

民間航空輸送は平和であってこそ成り立つ産業です。

現在、地球上のグローバル化、国際交流の拡大の中で、旅客の移動と、ＩＴ関連をはじめとする貨物の輸送量は拡大しています。大西洋、太平洋路線に次き、日欧間の輸送量の伸びは顕著です。日欧間の航空路は、南周りや北極圏ルートに変わり、最短距離のシベリア上空通過が主流で、この路線の利用者は、開設時の想像を、はるかに越えています。

そして、燃料費の高騰する現在、運航コストの低減による経済、環境問題などへの効果も、軽視できないものがあると思います。

二五年振りにモスコーを訪ねた際、最初の晩の、クレムリンに近い会食の場は、以前、ソ連共産党本部のあったところで、レストランに変わっていました。他のテーブルに、お客さんの姿は、ほとんど、見られませんでしたが、一昔前には、この場所に、ごく一部の人を除いて、外国人が入ることなど、なかったでしょう。ロシアも「随分変わったものだ」と感じました。

久しぶりに会うワーリャさんの印象も、大きく変わっていました。

人間は環境、特に、政治・経済の影響を強く受けるものだと、思いました。

二〇〇三年の春、ワーリャさんは数度目の訪日をし、我が家にも来てもらいました。

言論の自由が保障され、国の批評や政治の話も、タブーではなくなりつつあります。

ワーリャさんは日本の会社に勤務し、その窓辺から、三〇年以上にわたり、日ロ間の人々の移動や交流を見てきました。政治や経済制度の変遷、旅行者の動静など、彼女の目に映る両国の現象は、様々に変化したことと思います。

メールでも、時々、連絡を取り合っています。

ワーリャさんとは、今後もお互いに言いたいことは言い合い、日ロの国境の壁がもっと、低くなり、両国関係が、少しでも近づくように、民間レベルの交流が広がるように、努めようと話し合っています。

それが、冷戦時代に仕事を通じて、偶々知り合い、姉弟の約束を交わした、我々二人の、これからのささやかな務めだと思います。

日ロの関係にも、我々二人が願う、真の春が早く来て欲しいものです。


余談ですが、ワーリャさんは、アーラさんという、お姉さんと、今でも独身を通しています。

理由は、定かではありませんが、国家建設の理想に燃えたからなのか、眼にかなう男性が現れなかったのか。それとも、ロシア人男性に見る眼がないといったら失礼なのか。モスコーは世界一高いという、離婚率のためなのか。

お姉さんのアーラさんも、見るからに教養人で、説得力のある話し方をします。

ロシアの外務大臣でも良いのではないか、との印象を与える女性で、空想ですが、万が一、実現していれば、あるいは、日本外交の対ロシア情勢も変わっていたかもしれません。

「スカートを踏まれて、後ろを振り向いたら」の言葉を残して去った、日本の女性外務大臣とも好敵手として、渡りあったかも知れません。

女性に対して、歯の浮くような、優しい言葉を述べたり、歌の世界ですが、百万本のバラを、相手の女性に贈る男性がいたり、女性の為の祝日まで設けるロシアで、日本に較べて、女性大臣がはるかに少ないのは、私にとっては、大きな謎です。

いずれにしても、お二人の姉妹を見ても、ロシア人女性は強いということ、教養人が多いということを、心底、思います。

洋の東西を問わず、若い人は、余り結婚を急がないようで、人生の幸せを結婚生活に求めるのは、既に古い考えとなったのでしょうか。

日本国内でも、最近、熟年離婚が増えているようですが、離婚率が世界一高いといわれる、ロシア社会に、この分野では、日本も近づきつつあるのかも知れません。

巻頭に書きましたように、ロシア女性は色々の分野で、世界的な活躍を示し、目を見張るものがあります。特にバレーやフィギュアスケート、体操、女子マラソンなどの芸術、スポーツ分野ではよく知られていますが、その最たるものは、シャラポワに代表される、女子プロ選手のテニス界での活躍です。米国でテニス教育や練習を経て、ロシアン・ドリームを築きましたが、強いばかりでなく、華麗さでも眼を楽しませてくれるところが、世界中の人々の興味を呼ぶのでしょう。これからもロシア女性の強さ、美しさ、輝きが続くことを祈りたい。

たまたま数年間、同じ航空会社の職場、ウクライナ・ホテルの八四三号室で働いた仲ですが、ワーリャさんは、正直、人前で歌うことをあまり得意としません。しかし、以前、私たちがロシア民謡を歌うことを強く求めると、「バイカル湖のほとり」を青い眼に、少し頬を赤らめ、照れながら唄ってくれました。現在、私たち二人が共に願うことは、日ロの間の交流の広がり、平和で穏やかな関係、両国の間やヨーロッパを結ぶ航空輸送の拡大、安全運航です。

ロシアの有名なことわざ、「チーシェ　イエージェッシ、ダリシェ　ブージェッシ」（より静かに、ゆっくり歩めば、より遠くまで行ける）、という言葉のように、何事も諦めることなく、一歩一歩、ゆっくりと、しかも、確実に歩み、築いていくことが大切なのでしょう。

この章の最後に、ロシアの作家プーシキンの、私の好きな言葉を添えたいと思います。

〝例え人生が、お前を欺くようなことがあっても、
悲しまないこと、怒らないこと！
憂いの多い日にはこころを静め、
そして、喜びの日が来ることを信じよ〟

第十一章　シャープス&フラッツの原 信夫さん

原 信夫さんは、日本の代表的ビッグ・バンド、シャープス&フラッツのリーダーであり、テナーサックスの名奏者です。

二〇〇三年の一一月、原さんの喜寿のお祝いの会が、都内のホテルで開かれ、私も案内を頂きました。シャープスの奏でる美しいサウンドは、長い間、日本のジャズ・ファアンを魅了してきましたが、リーダーの原さん独特の、演奏スタイルでも、人々を引きつけてきました。

胸を張り、少し反り返るような姿勢で、サックスを吹く原さんの姿は、「格好の良さ」そのものです。加えて、原さんは、おしゃれなのでしょう。普通、サックスを演奏する場合、楽器を支えるため、ベルト状の、ネックというものを首に巻きますが、原さんはそのネックを、首ではなく、肩に掛け、肩で支えるのです。

私の知る原さんは、日本の敗戦に伴い、海軍軍楽隊から楽器（アルトサックス）を持って、一度富山の実家へ帰りました。軍楽隊時代の仲間からの誘いにより、再び、上京、そこでジャズに出会い、新しい世界にのめり込んでいきました。

当時、主な演奏会場は米軍のクラブで、ここで新しいジャズの譜面を入手、米軍のFEN（極東放送）のジャズなどを聴いて、新しい音楽の世界への勉強も重ねました。二四歳の時に十人編成のシャープス&フラッツを結成し、そのリーダーとなりました。

バンドの名前は、横浜の米軍クラブで演奏中に、米兵から、「ヘイ、シャープ」、「ヘイ　シャープメン（いかす奴）」と声がかかり、それがバンドの名前の由来とのことです。サウンドや演奏する曲目の他に、原さんや、メンバーのおしゃれな、《カッコウの良さ》の原点は、この辺にあるのでしょう。

日本国内でも、若者の間でジャズブームが起こり、シャープスが、若くエネルギーに満ち、美しい音色を奏でるために、演奏会場も米軍のクラブから日本国内へ広がっていきました。

日本での名演奏に伴い、人気や知名度も上昇、その後は、「ベニー・グッドマン・オーケストラ」をはじめ、「クインシー・ジョーンズ」やファンキージャズの大御所「アート・ブレイキー」、「パット・プーン」など、国内外の有名楽団や歌手と、競演を重ねました。

海外へも、米国ロードアイランド州のニューポートで開催された「ニューポート・ジャズ・フェスティバル」をはじめ、色々な国々へ演奏公演を行い、好評を博しました。

リズミカル、そして、経済発展による、明るい日本の将来を予想させるような、軽快なメロデイーに加え、国民的大歌手、美空ひばりさんが歌ったヒット曲、「真っ赤な太陽」の作曲も、原さんであることは、広く知られるところです。

ソ連へも、一九七二年（昭和四七年）の七月から九月までと、一九七五年（昭和五〇年）の八月から一〇月までの二度にわたり、共に三ヶ月の長期公演を行っています。

ソ連時代のロシア国民にとって、日本はカーテンの向こうの、アジアの遠い国、一般の人も、京都や被爆の町、広島、長崎のほか、歌舞伎や生け花という言葉を、聞いたことがあっても、ジャズの演奏で高いレベルの、実力を持つ、フルバンドがあるとは、あまり知らなかったことでしょう。

コーラスを始め、日本からソ連公演を行った多数の音楽グループの皆さんが、歌声や音色で、エキゾチック・ジャパンの代表として活躍、どの会場も満席の盛況で、人気を博したものです。

石油や天然ガスの輸出などにより、多額の外貨を保有し、自由化が進む現在のロシアと異なり、一般国民の海外渡航は、厳しく制限される中、文化使節でもある外国人プレイヤーの演奏や公演は、新鮮、かつ、最大の娯楽であり、どの会場でも観客を魅了したようです。

そのような折、ソ連国内を廻るシャープスの方が、支店のカウンターに来られ、演奏旅行が終り次第、バンドの皆さん全員で、フランスへ旅行したいとの相談を受け、フランスへ旅行したいとの相談を受けました。当時のソ連内の総代理店である、アエロフロートは、自国通貨、ルーブルでの支払の時には、自社の航空機の利用を強く求めていました。この時は、交渉の末、結局、他社便でも「ダー（ＯＫ）」という了解を取り付けました。

シャープスの皆さんは、シベリア東部の街、ハバロフスク市から始まり、約三ヶ月間掛けて、モスコーや現在のサンクトペテルブルグなどの、西の都市まで演奏を続けてきたのです。

社会主義計画経済の中で、全国土の画一化を目指すためか、レストランのメニューも、広い領土でも、東から西までがほとんど同一、その変化はごく稀で、長期の滞在者は、正直、辟易してしまいます。

航空券の件も落着した後、原さんに、「ヒジキや手打うどんでよろしければ」と、我が家で、ささやかな日本風食事を、賞味してもらうことを申し出ました。シャープスの演奏は、ロシア各地の広い会場で、感動を与え、割れるような拍手、ブラボーの歓声に包まれ続けたことでしょうが、原さんは長期公演で、多分、日本食に〝飢えた状態〟ではないかと、一方的に想像しました。そこで、我が家のシャビーな「日本風」でも、多分満足してもらえるだろうと、決めつけて、お誘いした訳です。一ヶ月以上ロシアに滞在する日本人の方は、大概、和食が恋しくなりますが、原さんもそれ以上長期の滞在で、予想通り（？）誘いに応じてくれました。

さらに、原さんを自宅へお招きしようと考えた理由の一つに、学生時代、ブラスバンドで下手なサックスを、数年吹いていた私に、一つの下心があったのです。

日本からの転勤時、引越し荷物の中にテナーサックスをしのばせ、時々、アパートの部屋や近くの林の中で、他人の迷惑や不眠の原因を考えず、ブーブー、プカ・プカと、騒音・異音を出していたのです。日本のビッグ・バンドの大御所、私にとっては、神様にも映る、原さんの前で、一度、思い切りサックスの音を出してみたいという、冒険心と悪戯にも似た、企みがあったのです。

当日は、長年の音楽活動の同じ求道者で、同志とも言われる、トランペット奏者の森川さんやボーカルの女性歌手と来宅されました。原さんは少し長めの髪に、黒いスーツとネクタイ姿、ステージ上で見る、あのダンディー、そのままです。

演奏はエネルギッシュ、多くの人の心を魅了する音を奏でても、一旦ステージを離れ、直接、近くで目にする原さんの話し方や雰囲気は、静かで、気負いのない印象でした。

練習は厳しくても、音楽、特にジャズを通じ、長い間、人々に感動や喜びを与え、自信を持った人のプライベートな時間は、これほど穏やかで、おごりのないものかと、ひとり思いました。

日本食もどきの食事を、味わって頂きましたが、現在のロシアで、まして、日本では殆ど入手が困難となった、グルジアやアルメニア産のワインやコニャックも賞味してもらいました。

我が家にとっては貴重な思い出の、ひと時でしたが、アルコールの勢いも借りて、大胆にも、「私も一生、下手なサックスを吹き続ける」と広言してしまいました。

原さんは、「あきれた奴だ」と思ったことでしょうが。

実は、その晩、原さんの来宅を一番喜んだのは、我が家に通いで来ていた、ベーラという名前の、お手伝いさんでした。我が家にお手伝いさんがいたのは、前にも後にも、このモスコー駐在時だけでしたが、べーラさんは、シャープスの演奏が、ソ連で絶大の好評を博していることを、鉄のカーテンの中でも、「噂の情報チャンネル」を通じて知っていたのです。

ロシア人は日本人と比べ、喜怒哀楽を、はっきりと表に出しますが、原さんが、我が家に来ることを知った彼女は、ある種の興奮状態で、食材の仕込み、買い物でも張り切っていました。

べーラさんが興奮するもう一つの理由は、その時は、二〇代でしたが双子の妹さんがいました。当時は、ロシア舞踏芸術の本流は、クラシック・バレーのボリショイやレニングラード・バレー団などでしたが、現代芸術的なものは、社会主義の政策に合わないためか、どちらかといえば冷遇されていたように映りました。しかし、ロシア的なミュージカル、軽音楽風の踊りと歌を演目とするモイセーエフ劇団は別格で、来日公演を行ったこともある、大変人気のあるグループで、双子の妹はこのモイセーエフ劇団の準主役級女優さんでダンサーでした。

そのような訳で、べーラさんは、ビートルズやジャズなど西側音楽にも興味を抱き、日本のスイング・ジャズバンド、シャープスのリーダー、原さんが来宅されることを知り、大変喜んだのです。我が家を去られる時に、玄関先で握手した、原さんの手は、思いのほか小さく、やさしく感じられましたが、同時に、日本のことわざ、「実らば垂れる稲穂かな」、この言葉の実践者であるとの印象を、改めて強く持ちました。

ロシア人の多くは、当時から、日本の歌舞伎や生け花という言葉を知り、また、ロシアとは異なる日本固有の緻密さにも興味を持つと書きましたが、シャープスのサウンドやメロディーに初めて触れた聴衆は、その中に繊細さ、力強さ、新しい何かを感じ、そして、オリエンタル日本に、今までとは異なるイメージを抱いたことでしょう。

音楽をはじめ、多くの芸術家が訪ソし、ロシアからもピアノ演奏家やバレーなどの人々が訪日、相互に文化の伝道者として、色々な役割を果たしてきました。

これらの活動は、政治や社会体制の異なる国の、人々の理解を深め、国境の壁を低くするために、大いに役立ちました。文化の交流はいつの時代にも大切なことです。


時が流れ、二〇〇三年（平成一五年）の一一月、石原都知事や吉永小百合さんなどを発起人とする、原さんの喜寿を祝うパーテイーが、六本木のホテルで開かれ、私も出席させてもらいました。

原さんの、各界の知人やファンの集まる、楽しい、お祝いの会でしたが、原さんは挨拶の中で「命ある限り、喜ばれる良い音楽を、これからも演奏していたい」と述べておられました。

当日、テーブルに来られた原さんと、ロシアでの思い出を少し語り、そして握手させてもらいました。その手は、以前より小さくなったと感じましたが、やさしく、丁寧な言葉使いは以前と変わらぬものでした。やはり「人生、実らば垂れる」ですね。そして、持参した、ソプラノ・サックスと共に、会場で一緒に、記念写真を取らせてもらいました。

甘く、癒しを与えるサウンド、ダンデイズム、新しいものへ挑戦、その演奏スタイル。

広い層のフアンを持つシャープスについて、これ以上、改めて申す必要はないでしょう。

戦後から現在までの日本の音楽界で、大きな一時代を築いた原さんは、良き交友や出会いも大切にする人と言えます。それは、トランペット奏者で、モスコーのアパートへ来られた、森川周三さんとの長い交友関係がその証です。

シャープ結成五〇周年記念の都内ホテルでのディナーコンサートでは、演奏中のステージから、私たち家族にとっても大切な、モスコーでの思い出を紹介して頂きました。

さらに原さんの喜寿のお祝いのパーティーでは、テレビの映像や誌上でしかお目に掛かれない多くの人々が出席していましたが、偶然にも、同じ職場の仲間で、ある時は、バンド仲間として練習に励んだ、昭和天皇のお孫さんとも、久しぶりに会い、会話を交わすことができました。

それにしても、私がロシアに住むことがなければ、原さんと、直接、お目に掛かることは、全くなかったでしょう。

二〇〇五年の春に、私の義父が永眠し、一本のネクタイが残されていました。

実は、これは、約三〇年前、パリから日本に帰られる時、原さんがモスコーのシェレメチェボ空港のトランジット・ルームで、私へのおみやげとして空港マネジャーに託され、頂いたものでした。長い間、思い出の一品として、愛用していましたが、田舎者の割には洒落男だった義父の強い望みにより、譲ったものでした。

浅間山荘事件などで働き、私たち家族が、幼い子供たちを連れて、寒さに慣れないソ連に赴任する時、心配した義父であり、納棺の際には、思い出のこのネクタイを、一緒に収めさせてもらいました。

原さん、どうぞ、ご了承してください。

そして、原さんの、その優しい手で、いつまでも、お元気に、サックスを演奏し続け、聴く多くのファンを魅了し続けて下さい。

1972年、75年と２度にわたりソ連に長期公演されたシャープス＆フラッツの原　信夫さん。音楽を通して日本の文化をロシア各地に伝えました。(30年後、六本木で開かれた原さんの喜寿のお祝いの会で)

サックスの演奏下手で、歌音痴の私が言うのもなんですが、音楽は本当にいいものですね。

原さん、できるならば、何時か教えてください。

サックスという楽器の音色、その魅力は何なんでしょうか？

第十二章　プチ留学、痛恨と悲しみの モスコー空港での事故、御巣鷹の尾根

二〇〇一年三月、モスコーへのプチ留学に出掛けましたが、その理由の一つはロシア連邦大統領を辞任し、直前に出版されたエリツインの自伝、「大統領のマラソン（の日々）」を購入し、できれば滞在中に、原文で読んでみたいということでした。

ソ連時代は国が情報管理を行い、外国人が、一般のロシア国民と直接接触することを嫌い、規制を行っていました。

観光事業も、外貨獲得の主要な手段であり国が管理、ロシアを訪問する一般の旅行者の場合には、国営の旅行会社インツーリストを通して、指定のホテルにしか宿泊できませんでした。

ましてや、一般家庭に外国人旅行者が、宿泊することなどは想像もできません。

ゴルバチョフのペレストロイカを経て、エリツイン政権の時代に市場経済に移り、一般のロシア人家庭に、ステイすることも可能になりました。

ロシア行きを決めると、早速ワーリャさんに電話をして、市内のホーム・ステイ先を探してもらうことにしました。条件は、二食付で個室、三月はまだ寒く市中にも残雪があり、地下鉄の最寄り駅まで徒歩約十分以内で行けるところ。さらに、定年後は勤める予定もなく、貧乏中高年なので、贅沢を避け、

できるだけ安いところを探すよう依頼しました。

程なく、ワーリャさんから宿泊先が見つかったとの連絡。二食付で一ヶ月百ドルだと言うのです。一瞬、「ウッソー」と思いましたが、内心は、「シメシメ」。ソ連時代の良いところは、諸物価を国が管理するため、水道、ガス、乗り物などの、基本的に必要とする公共料金や、パン、ドル・ショップで販売されるアルコール類は、日本と比較しても、かなり安いものでした。

しかし、必需品を除き、品質の割には、銀行レートで換算すると、一般の物価は高いと感じていました。現在、外国人が利用するモスコー市内のホテルは、通常、一泊で百ドル以上の宿泊費が必要で、民間のアパートで一ヶ月のホーム・ステイが、百ドルとはなんと安いことか。

これも、国による管理から離れての、規制緩和の結果なのでしょう。

シェレメチェボ空港へ到着すると、駐在時に支店で運転手として働いていた、ニコライさんの息子さんが迎えに来てくれました。ヘルシンキからモスコーまで同行した運転手の子供です。

世話になる下宿のおばさんは、アーシャさんという、六〇代後半の、ロシアの女性としても大柄な人でしたが、人形を作ることを趣味とする、教養を感じさせる女性でした。

到着した日、このおばさんから念を押されたことは、モスコー市内は最近、物騒になり、暗くなる前に必ず帰宅すること。夜は単独行動をしないように、とのことでした。

政治体制の変化とともに、治安は、悪い方に変わってしまったのでしょう。鍵を掛けておいても、留守中に二回ほど、ドロボーに入られたとのことです。

ソ連時代には窮屈なことはあっても、身の危険を感じることはありませんでした。何時も、どことなく、監視されているような気がして、逆に自分は「安全」に保護されている、と言い聞かせたものです。アーシャおばさんから、安全に充分気をつけるように、注意されましたが、女主人は、少し怖そうだが、人柄も良さそう。久しぶりに訪れたモスコーで、短い期間ではあるが、ロシア語のブラシュ・アップと、自由に、好きなように時間を過ごせることに、何となく、安堵感、開放感を覚えました。

アパートの前方には、歩いて一五分位のところに、白樺の木に覆われた森があり、さらに進むと、モスコー川の岸辺にゴーリキー公園が広がります。森の中では、少し寒くても、昼間は散策する人もいて、行き交う人の言葉数も多く、そして、高く、雰囲気も以前と比べて、明るさとオープンな雰囲気が感じられます。

その一方で、帰国してから、すでに、三〇年近くの歳月が経ち、時の流れの速さを知らされ、甘酸っぱい味がする過去の思い出と今が交錯、少しセンチメンタルな気分になりました。

下宿のおばさんは、ボルシチが好きだと言うと、朝からそれを作り、夕食も「あれも、これも食べろ」と強要にも近いところがあり、チョット辟易することがありました。でも、時代が変わっても、ロシア人独特の接客好き、おせっかい、いわゆる、ロシアン・ホスピタリティーが残っているように感じられ、心が温まる気さえしました。

滞在も一週間ほど経った頃、学校から戻り、夕方、今度は、アパートの裏へ散策に出掛けることにしました。裏側に廻り、しばらく行くと、そこにも、小さな公園がありますが、その公園の先に、ギリシャ正教の教会らしい、天井と壁の色に特徴がある、建物が見えてきました。

その教会に近づいてみました。そして、その前に立ち、しばらく中を覗いて見ました。

すると、心の中に、辺りの景色、前の寺院、歩いて来た後ろの光景に、以前、どこかで見たようだなとの思いが、沸いてきました。入り口に佇むロシア人に、この寺院の名前を聞いてみました。答えは「ドンスコイ修道院」だというのです。この言葉を聞いた瞬間、私の体に、ピーンと鳥肌が立ちました。

そして、隣の建物の門の前に歩みました。その奥にロシア風の墓地が見えました。

「そうか、ここは、あの時の……」

話は前後しますが、当時、私が勤める航空会社のコペンハーゲン発、モスコー経由東京行きの航空機が、シェレメチェボ空港離陸直後、墜落事故を起こしてしまいました。それは、一九七二年一一月二八日のことです。その場所に働いている人に、当時、ここに勤務していた人は誰かいないか、と尋ねてみました。答えは、「ニエット」でしたが、その時、私は何日間か、この建物の中で過ごしたのです。

下宿先へ帰ると、女主人に散歩先の出来事を話しました。おばさんは、情報があまり公開されない当時でも、不幸なこの事故を聞き、覚えていると言いました。

私の住まいは中央線の武蔵境駅近くの、モルタル二階建てのアパートです。自宅には電話もなく、一一月の深夜、管理人がドアを叩きました。会社から緊急の呼び出しの電話です。

受話器を取ると、内容は、「モスコーの空港で、離陸後すぐに社機が墜落、炎上、最初の救援機でモスコーに飛んでもらう。現地は寒いので防寒着を用意し、パスポートを持ち、準備ができ次第、至急、羽田空港へ集合するように」とのことです。

国電（現ＪＲ）の終電も既になく、電話を聞いていた、管理人のご主人は、「お困りでしょう、取合えず、新宿まで車で送りましょうか」と、申し出をしてくれました。

緊張と心の動揺。車中で管理人さんとは、ほとんど無言でした。結局、新宿からさらに羽田空港のオペレーションセンターまで、管理人さんに送ってもらうことになりました。

救援物資を搭載、ブリーフィング後、早朝の羽田を離陸。ジェット機のエンジン音のみ単調に響き、機内は誰もが無言でした。

日本海を越え、ハバロフスク空港に一時駐機。その時、ソ連側から早い救援機の到着を待つ、全員、ノー・ビザでの入国を認める旨の入電ありとの報に、機内もほっと。

ハバロフスクを離陸、数時間後に、モスコー・シェレメチェボ空港に到着。ソ連への入国審査や通関手続きは殆どフリーパス。モスコーを一度は訪れてみたいと、永い間、思っていましたが、このような理由で訪れることになるとは。

フルシチョフ書記長は、その昔、ある記者会見で「十年以内に、ソ連はアメリカを追い越す」と豪語しました。が、空港からモスコー市内への道路の両側にはライトやネオンサインも殆ど見えず、こちらの心理状態も反映してか、一一月も末とはいえ、その景色は一層暗く映りました。

最初にアサインされた場所は、市内の病院でした。そして、その後、このドンスコイへ行くよう指示されたのです。それは、亡くなられた方、負傷された方の苦しみや痛み、ご家族の方の悲しみに比べると軽いものですが、私に取っても、生涯忘れることのできない、重く、悲しい出来事でした。

初めてのモスコー訪問は、病院とドンスコイ寺院で過ごし、食べ物は喉を通らない日々でした。

事故後、数週間モスコーに滞在し帰国。正直、ロシアには、しばらくの間、訪問したくないと思いました。しかし、運命は皮肉です。三ヵ月後、モスコー支店への転勤命令が下されました。

約三〇年後に訪れた下宿先が、この寺院の間近であることも偶然で、時々、この寺院を訪れ、その時は、ひとり頭を下げていました。

プチ留学が終る頃、ワーシャおばさんは、友人を呼び、「日本文化の日」のパーティーを開くので、その日はどこへも行かず、空けておくようにとのこと。来客の前で日本について、ロシア語で話せと言い出しました。私は、あまり上手くないロシア語で、現在の日本、その歴史、北方領土の経緯、航空事故とドンスコイ寺院、近未来の日ロ関係などを、話しました。

二部屋の狭いアパートでしたが、二回、そのパーティーを開いてくれました。

二回とも、参加者は、比較的年配の人が多く、一度、ロシアの若者と話したいと言うと、アーシャおばさんは、二〇歳の、親戚の女性の誕生会に連れて行ってくれました。

このモスコー大学社会学部へのプチ留学は、短期間でしたが、サラリーマン卒業間際の私に取って、自分を見つめ直し、ソ連崩壊後のロシアの変貌を見るよい機会で、意義ある時間でした。帰国前日、再び、このドンスコイ修道院を訪ね、黙礼をして帰りました。

航空機事故といえば、私にとって、もう一つ忘れられない悲しく、重い出来事があります。

それは、御巣鷹山です。この尾根は子供の頃から、高校卒業までを過ごした、故郷の町から数十キロ離れたところにあります。正直、あの出来事まで全く、耳にしたことがない地名でした。

この航空機事故の少し前に、偶然、広島で坂本　九チャンに会ったことを第一章で書きました。

川上慶子さんがヘリコプターで救助された、その日、事故対策本部より、ご自宅へ向かうよう指示されました。前日から、徹夜勤務のため、一度帰宅し着替え、島根へ車を運転し一人で向かいました。高速道路も完成していない時代で、出雲市までは車で四時間ほど掛かります。

途中、何度か、道を尋ねながら、川上さんのお宅近くに到着した頃には、夏の陽も夕暮れを迎えていました。

川上さんの垣根に囲まれたお宅を確認して、玄関へ向かいました。

広い庭のお家でしたが、その庭にはたくさんの方がおられました。玄関先で、会社名と自分の名前を告げました。人々の視線は一斉に、私の方に向けられたと感じました。

私は別棟に通され、そこで大きな事故のお詫びの言葉を申し上げました。

その日の、晩から明け方までの詳細を記述するのは、控えさせて頂きますが、翌朝、ご家族が藤岡に向かわれることになり、お迎えのタクシーや航空便の手配、対策本部との話が終ったのは深夜の二時を過ぎていました。

大切な人々を失なったご家族の方々にとって、その日訪れた私は、この世で一番憎い人間に映ったかもしれません。しかし、大きな部屋に布団を敷いて頂きました。素麺を食べるよう奨めて貰いました。

その好意に甘えることはできませんでしたが。

翌朝、川上さん宅を辞し、昨日、来た道を引き返して、広島市内の会社へ戻りました。

その後、川上さんのお宅へは転勤になるまでに、何度か訪れました。しかし、私に対して、ご家族の皆さんからは、当然、厳しいお言葉はありましたが、怒鳴られるようなことは、一度もありませんでした。皆さんは、大きな悲しみや、苦しみ、怒りや辛さを心の底に秘め、こらえられたのでしょう。お宅を辞し、広島へ帰る道すがら、いつも運転中、「ごめんなさい」と心の中で言い続けていました。

事故に遭われたご本人やご家族の痛みは、推し量れませんが、私にとって、モスコーと御巣鷹山の両航空機事故は生涯、忘れることができません。

私に再び不眠症が訪れ、しばらくの間、心理的には、アンコントロラブルといえばオーバーですが、それにも似た状況が続くことになりました。

一瞬にして、人々の幸せを奪ってしまう、航空事故の悲惨さを、決して、繰り返してはなりません。

米国における九・一一のテロ事件以後、世界の航空会社は旅客減や石油の高騰により、厳しい経営を強いられています。しかし、民間航空は世界中の人々の足として、広く利用される時代になりました。

一時的な停滞はあっても、航空輸送の役割は、今後も増大し続けることでしょう。

近く、八百人以上の乗客を乗せる航空機も登場します。

事故発生率は、技術改良などにより減少していますが、一度事故を起こすと、それは悲惨であり、多くの人々に大きな悲しみと不幸、悲劇をもたらします。航空産業や輸送に携わる人々は、快適で、安全運航に向けて、今後も、たゆまぬ努力を続けなければなりません。

安全こそ、全ての輸送機関の絶対的使命です。


慶子さんは、その後、立派な社会人になられ、幸せのご家庭を築かれていると聞きますが、ご両親や妹の咲子さんをはじめ、坂本　九チャン、その他、モスコーでの事故や、御巣高の尾根で被災され、亡くなられた方々の、尊い御霊のご冥福をお祈りしています。

そして、航空事故の根絶を願っています。

第十三章　航空・ＩＴ、旅行会社の優しい上司、怖い上司

長い間、会社勤めをすると、怖い上司がいれば、優しい上司がいるものです。

会社勤めが終ると、優しくても、それほど強く会いたいと思わない人もあれば、厳しく、怖くても、時には、すごく会ってみたいと思う、元上司がいるものです。

そして、この触れ合いと出会いも、何かのご縁なのでしょう。

気持ちが惹かれ合うのも、好きや嫌いの思いや、感情が沸くのも人生の機微なのでしょう。

私は、会社の異動命令に逆らわず、指示のままに動くことを、運命として受け入れてきました。

その結果、様々な職場、色々な人に巡り合うこととなりました。

サラリーマン生活最後の、約六年間は、航空会社の情報システム、いわゆるＩＴ関連の会社で働くことになりました。

二一世紀はＩＴの時代とも言われますが、この分野の仕事は、どちらかといえば、嫌いというか、不得意な職種でした。

この会社へ異動する前は、ソウル支店と福岡の航空会社の、関連会社に勤務していました。

福岡での会社は、若くて元気、モチベイションの高い職員が多く、逆に教えられることも結構ありました。

博多は近海で獲れた魚が新鮮、リーズナブルな値段で、どこの店の料理も美味しく、裏切られるよう

なことは殆どなく、その上、ほどよく国際化された街でもあり、世に言う、サラリーマンが一度は住んで見たいと願う、噂通りの土地柄です。

ソウルに続いて、福岡からも、少し後ろ髪を引かれる思いで異動しました。

約半世紀前から、米国の航空会社を中心に、座席予約や航空券の発券、運航スケジュール、部品の在庫管理など、様々な分野でコンピューター化が進められました。

異動先のＩＴの会社は、創立後の日も浅く、社員数は二百人程度、若い社員も多く、仕事の内容は異なっていても、雰囲気は前の福岡の職場にも似た、明るいものでした。

仕事は、ほぼ未知数に近いもので、緊張感を覚えましたが、風通しの良い会社で、定年を近くに、このような職場で働けて、内心、ラッキーと感じたものでした。

そして、この会社では優しい二人の上司に出会うことになりました。

一人は社長の加藤進英さん。

加藤さんはこの会社の初代の社長で、オーバーに言えば、あえて必要としない言葉は発しないという印象の人です。加藤さんも学生時代にロシア語を専攻、その関係からか、シベリア線の運航開始、支店を開設した時に、営業担当マネジャーとしてモスコーに駐在しました。

この会社の経営や営業状態は順調で、あえて経営のトップが、声を荒げる必要はなかったことにもよるのでしょうが、「たまには怒鳴ってください」と内心思ったりもしたものです。

退勤時に、同じ電車の車両に乗り合わせたりすると、少し困るのです。部下の気持ちを理解し、傷つけるようなことはないのですが、最初に加藤さんから言葉が出て来ることは稀で、かえって硬くなってしまいます。こちらが発する言葉に、返ってくるのは、殆どが「あーそー」なのです。

しかし、加藤さんほど心が広く、部下や年下の社員の意見を真面目に聞く、上司は極くまれで、酒席も何度か同席する機会がありましたが、なごやかな雰囲気を作り、また、決して乱れません。それに、なんといっても、同席する以外の人の、悪口や陰口を言う場面に遭遇したことがありません。

狼少年の例をここで出すことは、的外れで、失礼かとは思いますが、いつも怒っている上司には、「またか……」などいう思いを抱くものですが、普段は言葉数が少なく、感情をあまり、外に出さない人が怒ると、逆に、それは大変怖いのです。効果てきめんです。

モスコーに支店が開設され、赴任すると、初めてのロシア人職員であり、この本の共著者でもあるワーリャさんに、営業関係の仕事やサービスの基本的な指導をしました。

異なる制度の中で、資本主義国の航空会社のサービス・スタンダードを教え、実行していくことには多くの苦労があったことと推測されます。

そのような訳で、加藤さんはワーリャさんが最も尊敬し、親しみをもつ日本人の一人です。

言葉が少なくても、思慮深さ、ポイントを捉えた言葉や優しい指導に、多分、日本の「武士道」の風格を感じたのではないでしょうか。

第二次世界大戦で数多くの敵機を撃ち落した、日本の撃墜王といわれる人がいました。

この部隊は隼戦闘と呼ばれていましたが、数多くの犠牲と悲劇を生んだ戦いも終わりを迎える頃、隊長の操縦する機が敵機に撃たれ、アジアの南の空に沈んでいったといわれます。

生き残った部下の飛行士が、この時の様子を報告するため戦闘隊長の自宅を訪問する場面がある本に載っています。そこには未亡人と、その後ろに、静かに正座する遺児の姿が描かれています。その子供の一人が加藤さんだったのです。この本の中で、この戦闘隊長は寡黙で、冷静沈着、意志の強い人と描かれています。

最期を迎え南海の空から沈みながらも、この戦闘隊長は、日本の、アジアの、そして、世界の平和と、平穏な空、地球を願ったのではないでしょうか。このことについて、加藤さんは余り語ろうとしないようです。「親父はおやじなのだから」と。

息子の加藤さんも、思うところがあり、その後、空の仕事に就くことになったのではないでしょうか。時々、鋭い眼光をしていた加藤さんは、社長時代、社員が「さん」づけで呼ぶよう希望、風通しが良い、ソフトな社風作りに努めました。

加藤先輩、もう一度同じ会社で働く機会がありましたら、どうぞ厳しい言葉で一度叱ってください。ロシアに行くことがありましたら、又、黒パンをお土産に買ってきます。

もう一人は優しいというより、尊敬し、学ぶ事の多い上司、木村　建さんです。

木村さんは前出の加藤さんの後任の社長です。

木村さんは、幼少の頃からお父さんの仕事の関係でアメリカでの生活が長く、帰国子女のはしりと言え、社会人になっても、ニューヨークをはじめとして、ロンドン、シンガポールと英語圏での生活が長く、英語をネイティブ言語とするような人です。

それを証明するように、ある時、航空・旅行に関係する総合情報システムの、各国から多数の人が参加する、国際会議がシカゴで開かれました。冒頭、全米で最大といわれるアメリカン航空の社長が基調のスピーチをしましたが、木村さんは、この航空会社のトップ経営者の英語には南部の、どこそこの訛りが入っているというのです。学生時代にまじめに英語を学ばなかった私は、正直、この経営者のスピーチの内容さえ、イアーホーンの訳を通さないと判らないレベルで、少し、「キザ」と感じましたが、噂に聞く木村さんの英語力に、なるほどと頷かざるを得ませんでした。

木村さんには色々の特技と趣味がありますが、特にゴルフと大型オートバイの運転、パソコンスキルなどがその代表格です　オートバイは米国製のハレーダビッドソンを運転、北海道まで出掛けるほど。最大の趣味と自他共に認める実力は、やはり、ゴルフです。

身長の高さに加え、華麗といえば褒め過ぎでしょうが、大きな弧を描き、ゆっくりとしたスイング。そして、何よりも一喜一憂しない冷静さ、判断力が好スコアーに結びつきます。「次のグリーンには、二打目のアイアンをフェード系に打って乗せるから」などと、意味のよく判らない技術的なことをブツブツ言い、芝生の上を前に進んで行きます。と言うと、キザなゴルフ狂かと思うかもしれませんが、一緒にラウンドする仲間に冗談や、軽い言葉のジャブを放ちます。しかし、その言葉にはトゲや嫌味がなく、社長だとか、上司振るところがない、さらっと聞き流すことができる類のものなのです。

ある噂話によると、木村さんは、幼少の頃に、哺乳ビンよりも、ゴルフのパターを、口にくわえることを好んでいたとのことです。哺乳ビンを与えても泣き止まず、代わりにパターを与えたら、泣くことを止めたとのことです。真偽の程は判りませんが、木村さんのゴルフの実力はシングル・プレイヤーで、マナーにも五月蠅いことがうなずけます。競走馬に例えると中央競馬を走る、サラブレットです。

仕事上の木村さんは、時には言葉は厳しく、ポイントを突きますが、経営の基本方針は広い判断力、高い視点に立ちつつも、優しい人であることを感じさせるものです。

特にすばらしいと思うことがあります。それは挨拶力です。

聴く人の心や立場を配慮し、時にはユーモアーも交えた、聞き取りやすい低音、ゆっくりとした話し方、間の取り方、そして自然体、短めのスピーチなのです。

会の趣旨、招待客や参加者の人物などについてのブリーフィングを受けると、挨拶の下書きを自ら書き、事前に、この内容でどうかとチェックを入れてくれるのです。

スピーチの原稿を、部下に書かせる上司もいるものですが、木村さんは下書きも自分で行うため、挨拶も自分の言葉になっており、述べて欲しいと思う内容が網羅され、伝えられるのです。

以前、広報宣伝の責任者として経験を重ねてきたのでしょう。挨拶にはスマートさもあり、聴いていて、感心させられる場面も数多くありました。

学校の講義など、人前での話し方に、私は今でも苦労し、もう一つの工夫が必要ですが、「挨拶力」や「表現力」、「話し方」は経験からくるものなのでしょうか、それとも、素質なのでしょうか。考えさせられます。

最近、木村さんは企業人としての一線を退き、大学で教鞭をとる新しい生活を始めました。

今まで、色々なことを教えてもらいましたが、ゴルフは上達の可能性はないので、人前での話し方など、今度、じっくり指導して貰いたいと思っています。

木村さんは、一九六五年に、当時は唯一の国際線の運航をする、日本の航空会社へ入社。

海外もローマを初めとし、ロンドン、ニューヨーク、シンガポールと、三つの大陸の勤務を経験、社内でも国際派と言ってもよい人生行路です。

といっても、国際航空運賃を扱うタリフの担当責任者当時は、急な円高の時代、国内で購入する航空券の割高感が生まれ、国内航空会社への風当たりが強まる、いわゆる輸入航空券騒動が起き、その対応策に苦慮したようです。

また、中国との国交回復に伴う、中国のナショナル・フラッグキャリアー、中国民航との航空会社間の商務契約では、長期間のマラソン交渉で、忍耐と体力が要求されたようです。

最近の国際線では、多数の外国航空会社が乗り入れ、国内でも運賃を中心に、旅客と路線獲得を巡り、熾烈な競争が始まっていますが、特に完全民営化後は、格安運賃を売り物にする新規の航空会社も参入し、サバイバル・ゲームが展開されています。

このような時に、航空会社が最初に手をつけるのが経費の削減です。

航空会社は、需要拡大のため、宣伝には大きな予算を掛けるものですが、木村さんが宣伝部長の時には、経営環境も厳しさを増し、一層の予算削減に努める必要がありました。

その経費削減策の一つとして、お嬢さんをPRキャラクターとして使うことが浮上してきたようです。

二人のお嬢さんの一人は「佳乃さん」といい、その後、女優への道に進みました。

当時、アルバイト代は、時給で千五百円ほどだったそうですが、最近は、売れっ子の女優となり、テレビや、映画、劇場にも多く出演し、お嬢さんの年収も、今では、お父さんの木村さんを、はるかに越えたのではないでしょうか。映画、「蝉しぐれ」、NHKの朝ドラ、「風のハルカ」にも出演しました。

演技力に加え、日本の広報大使などの大役も務めます。

韓国、中国をはじめ、諸外国との友好関係の維持が、重要な昨今の国際社会、女優と親善大使という二つの大役も、充分果たしてくれることでしょう。

どのような企業や仕事において、重要な政策決定には、充分な事前の調査や分析とともに、時には英断も必要としますが、特に、要求されるのは洞察力、先を見る目に加え、精神面の安定と体力的なタフさでしょう。

木村さんは、どちらも兼ね備える人と言ってよく、そして、バランス感覚に恵まれています。

前出の加藤社長もそうでしたが、木村さんからも、他人の悪口を聞くことは、ほとんどありません。お二人の先輩に共通することは、苦労があっても、それを、言葉や顔に表わさないことです。やはり心の幅が広く、柔軟性とともに、人間理解力に恵まれているからなのでしょう。

最近は、中高年を中心に、ミニやプチ留学に人気がありますが、私も、前述のように社長時代の木村さんの了解を得て、定年直前、モスコーへ出掛けました。

短い期間でしたが、自己を、ロシアを、外からの日本を見つめる貴重な時間を過ごせました。

これからも、時々、木村さんの好きなハーフ・アンド・ハーフのビールを一緒に味わいながら、色々なテーマの会話を楽しむ機会を、是非、与えて欲しいと思っています。

職場には優しい上司がいれば、逆に、厳しく、怖い上司がいるものです。

ここに登場願う怖い上司は、顔は俳優に喩えると、梅宮辰夫さんと勝新太郎さんのお二人を、たして二で割り、目を大きくし、さらに、こわもてに整形した感じで色黒。体型は上野の山に立つ西郷さんの銅像の両肩を、もう少し広くしたらそっくりです。

心の持ちよう、人物像は、高倉　健さんが登場する、映画の世界の主人公のような人柄です。この方が、職場に入ってくると、空気がピーンと変わります。

既に定年を迎えられていますが、現役時代、職場での口癖は「俺はニコポンにはならない」という言葉です。ニコポンとは部下に向かって「ニコリ」と笑顔を作り、「今日も元気でナ」というように、ポンと背中を叩くしぐさを言うんだそうです。

が、そのように部下に媚を売ることにより、良い上司として人気を得ようなどと、姑息なことは絶対に考えないというのです。

つまり、良い仕事を行い、良いサービスを提供するためには、職場において、緊張感が最も大切で、重要なのだということなのです。その人の名は香川公士さんです。

終戦とともに、日本の航空機は、占領したGHQの命令により、全て焼却処分となりましたが、昭和二六年に、日本の民間航空輸送が再開された翌年、香川さんは航空会社に入社しました。

最初の勤務地は山口県の岩国で、現在も基地の一つとして使用されていますが、当時は、新入社員への教育もなく、ぶっつけ本番。旅客、貨物、郵便、航空機の誘導、搭載、給油、ウエイト・アンド・バランス、テレタイプなど、空港業務の全てともいえるような、幅広い仕事を担当。先輩の動きを見よう見まね、お邪魔虫的に学び？一生懸命に働いたようです。

ですから、社員番号も古い上に、航空関連の基本的な知識は豊か、日本へ乗り入れた航空会社の歴史なども、他の人を寄せ付けないほどの、深い造詣があり、戦後日本の、民間航空の生き字引の一人、とも言えるでしょう。

昼も夜も、熱心に汗を流し働き、学ぶ姿から、内外の航空会社の先輩、仲間からは（広島）の〝ジョージ（GEORGE）〟とニック・ネームで呼ばれていたようです。

その後は、営業関係の仕事に移り、営業支店長や海外旅行では草分け的な存在の旅行会社、ジャルパックの東京支店長などを歴任されました。

香川さんの下で九年間働くことになりましたが、赴任前の上司から、餞別代わりの言葉は、「香川さんは、気の短いところがあり、仕事でモタモタしたら、灰皿が飛んでくるから気をつけろ」というものでした。

仕事上、怒られたことも数多くありましたが、地方支店での顧客廻りのセールス活動は車を使い、同乗するケースが多いのです。

香川さんはA級のオートライセンスを持っているため、運転マナーにも、それはうるさいのです。例えば、片手でハンドル操作をしてはいけない、夜間走行では、信号待ちの場合、ライトの明りを毎回、小さく落とせなど……。その一方、普通、助手席に座る人は、「安全運転に気をつけろ」などと言うものですが、スピードアップを強要することもあるのです。「前の車を追い越せ」などと。時間を出来る限り有効に使いたい、という気持ちからの言葉なのでしょうが、こちらは、「これほどスピードを出しているのに。それに、怖いロシアの高速道路での運転の実績と経験があるのだ」と、内心でブツブツ言いながらも、怖い上司の指示に従い、アクセルを踏んでいました。

社会人になり、最初に入社した繊維会社の、細面の営業部長が言った言葉は、「繊維の商売は衣食住という言葉があるように、日本でも、有史以来の長い歴史を持つ。特に、明治以降は日本の輸出入の主要商品で、若い時代に細かい繊維の商売のイロハを学べば、今後、どの業界でも生きていける。仕事は何事も、質とスピードだ」でした。

この人は若い時代にニューヨークの駐在も十年以上と長く、新入社員にとってはカミソリのような上司に映りました。繊維と航空では仕事の内容もかなり異なりますが、「上司は、体型は全く異なっていても、部下をせかせるものなんだ」、と内心、独り言をいっていました。

営業の香川さんをボクサーに喩えると、ヘビー級。最初はコーナーのロープ際につまり、かなり打たれ、打たせても、最初にダウンして、マットに沈むことがないという印象です。

これは、ご本人から直接聞いた話ではありませんが、岩国から東京に転勤、その後、大手旅行会社への営業担当に配属となったようです。多数の店舗をもつ、この大手旅行会社のセールスに出掛ける時には、現在、日本人が海外渡航では提出が不要となった、出国カードを必ずカバンの中に持参し、顧客の必要とすることを、予め予測し、それも言われる前に提供する。

いわゆる、「相手の痒いところを、言われる前に」という姿勢なのでしょう。ですから、「香川さんの言うことには、多少の無理があっても、従わざるを得ない」ということになるのでしょうか。

受話器の取り方、応対の言葉使いにも厳しい指導が入るのです。

販売実績が、目標に達しない時は、その原因分析、対応策などには、一層の厳しさが加わります。

しかし、一日の仕事が終わると、香川さんは優しい先輩というか、明るく、頼りになる兄貴的な存在の人に変わるのです。

そんな、香川さんですが、チョットした、弱みもあったようです。

これは、ご本人から直接聞いた話です。

入国時の係官の応対が、その国への印象に、大きな影響力を与えるということは、ロシアの章で書きました。香川さんがジャルパックの東京支店長をしていた時のエピソードです。

ジャルパックは、パック旅行など、海外旅行商品を販売する会社として、現在では、知名度もかなり高くなったと思いますが、東京支店は、社内でも、かなりの販売シェアーを誇ります。

そのため、商売が好調の時も、逆風の時も、海外旅行市場の開発のため、量販店の社長や店舗長などのキーマンを中心とした、研修旅行や招待旅行を行ないます。

それは、売ってもらう人に、先ず、現地をよく理解してもらう必要が、あるからなのです
香川さんは現在のように、日本人の旅行者が増える以前の中国へも、市場拡大の目的で、責任者として同行していました。また、ハワイは日本人観光客が最も好む、永遠のマーケットと言われ、研修や下見旅行を行なう、人気のデステイネーシヨンでもあります。

それは、常顧客である、旅行会社のトップや店舗長に同行する、ハワイへの研修でした。

以前、日本の有名な俳優さんが、ハワイ空港到着時に、入れた覚えのない持ち込み禁止の物が、下着の中から出てきて、捕まってしまったとの話がありました。

香川さんも、この研修旅行で、どうも、空港内の個室に呼ばれてしまったようです。

下着の中まで調べられたかどうかは、敢えて聞きませんでしたが、本来、この一行はアメリカ・ハワイ州への観光誘致団にも相当するもので、米国の観光収入拡大に繋がる筈なのに。

常夏の楽園、ハワイに行くのに、折り目正しいダーク・スーツ姿（ブレザーにネクタイ着用）が、不釣合いということが、どうも、理由のようです。

香川さんは、例えば、「ゴルフ場に行く場合は、スーツ着用が最低の常識」と言うくらいマナーには、人一倍厳しい人なので、当然、問題になるような品物をハワイに持ち込むはずがありません。何を根拠にハワイの係官は、自分を空港の個室に呼んだか、判らないという疑いを持って帰国しました。

到着時、ホノルル空港で恒例の「レイ・サービス」以外にも、日本式に、「歓迎の幟」くらいは立てても良いと思われる、御一行様なのに？

九・一一事件後、米国への入国審査時の係官の対応は、厳しくなりましたが、ハワイでのこのケースは、やはり、香川さんが、あの有名俳優に、どことなく似ているからなのでしょうか。

しかし、この話はこれだけで終わりません。

オーストラリアへの研修旅行です。香川さんは立場上、招待側の責任者として、再び、この研修に同行しました。今度は、日本からの出国時、特別室へ。今回も検査し、疑わしい品物の類が出て来るはずがありません。

さすが、気持ちが強い香川さんも、「なぜ　俺が」という、怒りにも似た気持ちを抱いたことでしょう。現在は情報化社会とも言われますが、これは何の情報に基づくものなのか。

人相や容貌なのか、着るものか。疑問や不満を抱いたのも無理がないことでしょう。

先ほど、マナーにもうるさいと述べましたが、業務での出張時は、必ずスーツを着用するというのが香川さんの信念で、あるいは、昔かたぎの性分が、香川さんを特別室へ招いたのかも知れません。

旅行関連の会社を最後に、香川さんは定年を迎え、その後も奥さんと中国やエジプトなど海外旅行を愉しまれているようです。

ハワイには広島出身の方が多く、ハワイの標準日本語は、広島弁とも言われますが、広島出身の香川さんには、知人が大勢います。また、香川さんもゴルフが大好きで、関係するゴルフ場の姉妹コースがサンノゼにあり、よく出掛けるようです。もちろん、その後、日本出国も、入管の厳しい米国入国も、全くスムーズで、問題がないのは、当然ですが。

話を仕事に戻します。仕事上の指導は厳しい香川さんですが、人間的な魅力は、なんといっても、サービスに対してのクレームや、解決が難しい問題が起きても、その対応について、絶対に逃げない姿勢です。日本の会社では、日頃、勇ましいことを言っていても、イザ、問題が発すると、何らかの理由をつけて、部下に任せてしまう上司が、結構多いといわれますが、この香川さんは、ほぼ九年間の勤務で、逃げた姿を見ることがありませんでした。

問題が難しい時や、何らかの危険があると感じられる場合は、必ずふたりで同行するよう配慮していましたが。

香川さんは、最近、日本の社会では消えつつある「義理と人情」という言葉が好きのようです。

世の中が進歩し、経済の原則や企業運営の要諦は、「最少の努力にして、最大の効果」などとも言われますが、この義理と人情という言葉は、日本の社会では、決して死語にはならないでしょう。

お陰様で、仕事の中で、香川さんには助けられ、色々教えて貰いました。

以前、小学生を乗せ、子供達をホームステイさせるチャーター機が、パラオに向け、出発しました。近い将来の、環太平洋の観光、レジャー時代の到来を予測し、市場調査を含めた、チャーター便の設定でしたが、私にも、添乗するように本社から指示がきました。

実は、私の親父は、広島からパラオに渡り、終戦間際の、七月二九日に、そこで亡くなっています。

それを知って、香川さんは、少人数の支店スタッフ、営業の繁忙期にも関わらず、応援出張にゴーサインを出してくれました。

航空、旅行業界の広い業務知識を持ち、野球に喩えると攻守はほぼ鉄壁、スローやカーブ球を好まず、常に速球で勝負といった感じです。その半生は、釜の火を落とさず、昼夜走り続ける蒸気機関車にも似ていますが、定年退職後の香川さんは、現役時代の厳しさがなくなり、少し、丸くなりました。

しかし、サービスやマナーについては、昔と何ら変わらぬ持論を持ち続けています。

それを、証明するかのように、先年、香川さんがサービス向上委員を務めていた、千葉県下のゴルフ場が、サービスの質の高さで、日本能率協会のサービス賞の表彰を受けました。

バブルの崩壊後、どこのゴルフ場も入場者が減ったと言われますが、その中でも、このゴルフ場は、サービスの質の高さで、逆に入場者を増やしました。その影には、香川さんのサービスに対する助言がキット、あったのでしょう。

私に取っての香川さんは、厳しくて、怖い上司であり、優しい兄さんです。

今でも、時々、夢の中に香川さんの姿が現れます。夢の中の多くの場面は、受話器の取り方、挨拶の仕方、言葉使いで厳しく指導され、叱責されるものです。

夢でよかった、と思う一方で、あの指導が懐かしくなり始めています。

加藤さん、木村さん、香川さんに共通する点は、飛行機が好き、空への憧れ、夢を抱き、戦後、歴史の浅い民間航空業界へ入ったということです。

国内外の航空会社との交渉、話し合い、競争の中での提携。日ロ・日中路線の航空輸送の発展、新しい航空運賃やチャーター便輸送の推進。観光市場の開拓やPR、航空・旅行業界のIT化促進、旅行を通した国際交流の拡大など。それぞれ、陰に陽に努力し、寄与してきた方々と言えるでしょう。

ITや旅行は二一世紀の基幹産業になりつつあります。観光は平和事業であり、島国である日本への出入国には、約九八パーセントの人が航空機を利用します。

航空会社やその関連の仕事の中で、優しく、時には厳しく指導頂いた先輩方との〝出会いと、ご縁〟に感謝致します。そして、悩みや涙にも。

この章の最後に。

航空輸送は、今や国民の足となり、国際間の旅客、貨物の移動、文化の交流になくてはならない乗り物になりました。国境の壁を越えた、大競争の時代を迎え、安全、サービス、適正価格、快適性などで、利用者の支持を受けられる会社のみが、生き残れることになります。

経営には、テロや高燃料費など、様々な問題が伴うのでしょうが、民間航空機は、世界の人々の夢を運ぶ乗り物で、安全運行とサービスが至上命題です。

お世話になった諸先輩や仲間と次世代、近未来の旅、宇宙旅行の話なども、ゆっくりとしたいものです。

ＩＴ関連会社の優しく心の広い上司、仕事仲間。紳士で優しい上司もゴルフのラウンドになると、人格が変わり、時には厳しい人に。（右が木村　建さん）

第2部

航空会社のモスコー支店の窓辺から見た日本、その文化、人々

――冷戦下の三〇年間、出会った方々――

平凡な、ロシアの一女性が見た日本

日本と日本人については、作家やジャーナリストや旅行者が、多くの興味深い本を書いています。私のこの小さな著述は、三〇年近く一緒に働いた日本人についての印象記です。

これは勿論、主観的なもので、研究とか真剣な分析に基づいたものではありません。

一人の平凡なロシア人が、日本人について何を考えているかを知ることも、面白いと感じる方がいらっしゃるかも知れません。

ロシア人である私は、私自身の意志ではなく、運命の定めにより日本人の世界に関りを持つことになりましたが、私は思いがけず、そこで楽しく、有益な半生を過ごすことになりました。

これは三〇年間、私の心に残る、大切な古い日記帳のようなものとも言えるでしょう。

どうぞ、心を開いてお読みください。

第一章　運命の思いがけない転換

英語教師の養成を専門とする外国語大学を卒業した私は、自分の人生が日本人と関係し、日本航空のモスコー支店で働くことになるとは、夢にも考えたことがありませんでした。モスコー支店は一九六七年にオープンしましたが、それ以前の十年にわたる長い間、ソ連邦と日本政府との間で航空路開設について、話し合いが持たれてきました。

「鉄のカーテン」の時代には、外国の事務所で働く人材の選択は、外交団サービス管理局（UPDK＝ウポデカ）が一元的に行っていましたので、私はこの管理局へ、米国か英国、ないしはカナダの航空会社で働きたいという、申請を出しておりました。一方、モスコー経由ヨーロッパへ運航する予定の航空会社の中で、日本航空が人材を求めていることを知りました。

シベリア上空横断航路は一九六七年から、ソ連のナショナルフラッグ・キャリアーであり、国営会社でもあるアエロフロート機が運航していました。その航空機に、日本航空の乗員も同乗していました。この時期に、その日本航空の事務所に私は、面接に行くことになったのです。

日本について私が知っていることはごく微かなものでした。例えば、陽の昇るエキゾチックな国、人口が何千万人、東南アジアでは最も生活水準が高い国、日本人の東洋的なものの考え方。

日本人と仕事上で衝突してしまった、私の友人から聞いた話では、日本人との交際は独特で複雑、そして、日本人のビジネスマンをパートナーとして仕事をするのは、大変難しいということでした。こうした理由で、私は面接を断わっていましたが、ＵＰＤＫは日本航空からの採用のための人材派遣要請に対して、出来る限り応えたかったようで、私に面接に行くよう強く主張しました。

この頃、外国貿易省からも良い仕事の話がありましたが、好奇心から面接に出かけました。この時までは、私は日本人と付き合ったことが全くなく、知り合いもいませんでした。

当時、日本航空の事務所は、スターリン時代に建てられたモスコーの高層ビルの一つである、「ウクライナ」ホテルに在りました。スターリンは、発展した資本主義国に遅れをとらないように、モスコーに幾つかの高層ビルを建設するように、命令したと言われています。この時期までモスコー市内には三〇階建ての高層ビルは一つも無かったのです。

事務所では愛想よく、そして気持ちよく迎えられました。

ここで航空会社の営業と予約の仕事について、簡単な説明が行われました。説明を受けた時、私にとって最も素晴らしい将来が、約束される仕事には思われませんでしたが、お客さんや旅客に接することが気に入り、この仕事を引き受けてみようかと、直感的に感じました。日本人のスタッフは英語を話し、日本語の能力は必要が無く、又、多くのスタッフはロシア語を話しました。

こうして、私は日本航空（ＪＡＬ）のモスコー事務所で働くことになり、そこで三〇年以上も勤務することになったのです。最初は、仕事の特性や業務内容が判らないことが恐ろしく、そして、文化も、言葉や宗教も違う人々と付き合っていかなければならないことで、パニックに陥ることもありました。しかし、プロになりたいという気持と、粘り強い性格、日本人同僚の援助と励ましで困難を乗り切ることができました。

あの頃の事務所の日本人スタッフについて、懐かしく暖かい想い出の中から、幾つか述べてみたいと思っています。

それは一九六八年のことでした。パイオニアと言える日本人の最初のスタッフが、モスコー事務所の開設に派遣されて来ました。彼らは日本航空の中でも高い資質をもったプロで、高い教育を受け、文化的、且つ教養があり、ロシアの文化に深い興味を示し、わが国へも、ロシア人にも好意を持って接してくれました。このことは常々感じていましたし、私も確信しました。

特に支店長である福井俊夫さんについて、述べさせてもらいたいと思います。

彼は外交官のように繊細で、素晴らしい支店長でした。支店内での仕事がし易いような雰囲気を作り、異なるイデオロギーとメンタリティを持つ、日本人とロシア人のスタッフが仲良く、そして、お互いが理解し合えるように、最大限の努力をしておられました。こうした人々の中にいて、私が感じたことは、「案ずるよりも生むが易し」ということです。

その後、日本人の精神的に不安定な気質と、個々の顧客の無作法とに関わり合うことになりますが、人間には様々な人がおり、それは人種や民族性並びに文化とは関係ありません。

福井俊夫さんに関して申し上げれば、彼は「支店を完全に掌握していた」ので、彼の指揮下で働くことに大変満足していました。日本人スタッフは綿密に選ばれ、文字通り深く尊敬出来る方々で、当時の皆さん全てが、素晴らしい人々だったと申し上げられます。特に、職場の雰囲気が素晴らしかったのは唯一、皆さんが忍耐してくれたことです。

共産主義体制下のソ連邦では、全ての指導を共産党が行い、プロパガンダがその重要な役目を果していました。ロシア人が、日本を敵対するイデオロギーの国であると考えるように、ロシア共産党員とスパイは日本人を驚かせました。そのように考えようと考えまいと、一緒に仕事をし、接していくうちに、他の事も色々と判るようになりました。

支店内では政治的意見の不一致、敵対関係、完全なる無理解は一度として見られませんでした。我々を結び付けているものは、共通の課題、つまり顧客にプロとして高いレベルのサービスを提供することで、これは単に言葉だけではありません。

ヨーロッパやロシアでは、普通に捉えられているようなことを、なぜ日本人は考え、行動しないのだろうかということを理解するのに、私は何年も掛かりました。逆に、日本の同僚スタッフに、ロシア人スタッフは、彼らが希望するように考え、行動しないのはなぜか理解できないことが、度々あったようにも感じられました。

しかし、大事なのは互いに理解したいと思うことで、この望みは次第に強くなりました。

やがて、私が理解するようになったのは、自分が当時、世界でサービスのレベルが最も高い航空会社で働いており、多くのことを学び、経験を深めなければならないということでした。

そして、大事なことは、まず人を愛すること、特に旧ソ連邦のような、複雑な国家体制である外国に来られた旅行者を、助けて差し上げるために、あらゆる可能なことも、そして、不可能なことも成し遂げ、実行しなければならないことです。

今でも憶えていますが、ある時、日本から老年の農業の先生が支店にやってきました。

一人旅をしていましたが、英語もロシア語も喋れなかったのです。彼は〝ウクライナホテル〟に宿泊していて、問題が起きると日本航空の私のところにやってきました。初めてお会いした時、彼は書類を〝ふろしき〟に入れていました。これは非常に滑稽でした。二〇世紀に重要な書類をスカーフに入れてなんて。

カウンターの向かい側に座り、丁寧に〝ふろしき〟をほどき、喋り始めました。

私はその頃、日本語が全く判らなかったのですが、私たちは互いによく理解し合いました。

先生は紙に英語でキーワードを書いたので、彼が助けを必要としているのだと理解しました。

理解したい、助けたいという気持ちがあれば、問題は解決できるのだということを学びました。人間は時々、同じ言語を喋りながら、怒鳴ったり、腹を立てたり、興奮したりして理解しないことがあります。彼らは互いに耳が聞こえないのです。そして、この年老いた農業の先生のことは終生忘れることができません。

日頃、常に日本人と付き合うことにより、日本の文化、生活様式、習慣、伝統についての知識が次第に身についていきました。

やがて、日本の大事な伝統的な行事の一つに、三月三日のひな祭りがあることを知りました。

三月三日は私の誕生日なのです。運命が私を日本という社会に引き込んだのは、偶然ではないということがはっきりしてきました。こうした重なり合いは、偶然に起きることはありませんので、これは運命の印として私は受け入れたのです。

第二章　モスコー支店での思い出

前に書きましたように、日本航空のモスコー支店は一九六七年に開設されました。開設の目的は、ソ連邦の上空を通過して日本からヨーロッパへの、航空路開設の合意を得ることでした。

この時までの航空路は北極経由かシルク・ロードと呼ばれる南回りでした。最初はモスコー経由東京－パリ直行路線の開設準備が重点的に行われました。

当時の張り詰めた空気のことは良く憶えています。

ソ連民間航空の役人やアエロフロートとの交渉、招待便の準備、レセプション、視察団の出迎え、際限のない手紙の発送、そして、招待状。

資本主義国日本と、社会主義ソ連邦の国家機構の間に横たわる、大きな国家体制の差、またロシア人と日本人の間のメンタリティの差異にも拘らず、両国に存在する一つの共通する特徴は、官僚主義です。ソ連の官僚主義の克服には多くの時間と努力が必要でした。ロシア人スタッフは困難な状況にありました。一方で、我々は支店に課せられた課題を遂行しながら、官僚主義というハードルを克服しなければなりませんでした。他方では、日本側の希望の遂行を強く主張しなければなりませんでした。しかし、これに対して、非愛国的行為だという叱責、つまり「君たちは誰の為に働いているのだ。君たちはソ連人であることを忘れたのか。」と、文字通り聞こえるようなことを度々耳にしたのです。ペレストロイカまでのソビエト時代には、わが民族は「ソビエト人」で、ロシア人ではありませんでした。パスポートにさえ「ソ連人」と書かれていました。

私は「ソ連の」という言葉がとても嫌いで、私はロシア人だが、共産主義体制が我々を「枠の中に」嵌め込んでいると、常々思っていました。今、人々はソビエト時代の過去のことを、急速に忘れ始め、ソ連人を最も否定的な意味である、「サヴォック」（シャベルの意）という侮辱的な言葉で呼ぶのが流行っています。

一九六九年三月、東京－モスコー－パリの直行路線が開設され、それからロンドン、フランクフルト、コペンハーゲン、ローマへと続き開設されていきました。スタッフは、当然、日本人もロシア人も増員されました。種々のスペシャリストが必要でした。予約と販売担当、整備士、ディスパッチャー（航務担当）、貨物輸送と機内食担当等と。スタッフが多くなればなるほど職員の相互関係には問題が増えました。

概して、モスコーへ派遣された日本人は、全く異なる政治状況や文化、習慣、サービスに対する心構えができていて、ロシア人の行動を興味深く観察し、次第に新しい状況に慣れ、いわゆる新しい環境に順応していきましたが、ソ連の生活様式に、全く反駁する場合も見受けられました。

新しい状況に順応できなかった人は、帰国しなければなりませんでしたが、そうしたことが起きたのは一度だけでした。

一九六九年より、モスコーのシェレメチェボ空港を、東から西へ一便、西から東へ一便と、毎日二便が離発着しました。モスコーではクルーの交替が行われました。クルーのモスコー滞在は、別に一冊の本が書けるほどです。

モスコーに滞在したクルーのメンバーは、援助や助言を求めてロシア人スタッフを質問攻めにし、人間が持つ特性、興味と知りたいという願望を満たす、よい機会となったのです。

ある者は劇場と博物館に、ある者はショッピングに、ある者は街でロシア人と極めて親しくなることに夢中になり、ある者は家族をロシアに連れてくることに成功しました。

最初のクルーは非常に色鮮やかなユニフォームを着てきました。ファースト・クラスのスチュアーデスは着物を持参しました。クルーの出立時の御祭騒ぎは、モスコーの市民に、大変な興味を起こさせました。当時ロシア人はアエロフロートの飛行機にしか乗りませんでしたから、日本人クルー、特に着物を着た日本人の女性を見る為に、ホテルにも空港にも大勢の人が集まったのです。

当時はダグラス・マクドネル社のDC8機が使用されていました。一九七二年の一一月に、悲劇が起こりました。シェレメッチェボ空港で、コペンハーゲン発モスコー経由東京便が離陸の際に墜落して大破しました。気象条件は最悪でした。極寒、氷、霧。支店のスタッフにとってこれは本当の試練で、このショックは、一生忘れることができません。

搭乗していたのは色々な国の旅客で、安否を気遣って親戚の方や友人が電話をしてきました。どなたが亡くなったかを告げるのは、本当に苦しいことでした。ソ連政府も親族の来訪を簡単にするため、手続きを最小限にするなど可能な限りのことを致しました。

ここでは官僚主義は忘れられました。悲しみは、どの人にとっても悲しみなのです。この悲しい事故を通じ、日本人は死というものに対して、よりセンチメンタルで涙もろいロシア人とは、異なった接し方をするのだということを知りました。

日本人は泣きませんでした。少なくとも人前ではそうでしたし、微笑もうと努めた人もいたのです。悲しみを顔に出すことは上品ではなく、涙とヒステリーは他人を侮辱することなのだということを認識しました。あらゆる悲しみと苦悩は、心のウチに秘めるものだと。これは、日本の宗教と結びついた死への、より聡明でストイックな関わりであり、ロシア人のロシア正教への関わりと比較すると、より微妙で謙虚です。

ロシア人の場合は、近親者が亡くなった時には泣いたり、号泣することは構わないのです。昔はプロの泣き男がいて、死者が出た場合には雇われたものでした。

旅客需要の拡大とともに、大型飛行機への移行が必要になり、シェレメチェボ空港にボーイング747機（通称ジャンボ機）を受け入れる時代が訪れました。日ソ間のシベリア航空路は相互主義で、同等であることが原則であり、問題はソ連邦の国営会社アエロフロートには大型飛行機がないということです。日本とソ連邦政府、そして、ＪＡＬとアエロフロートの両航空会社の間でも、難しい交渉が際限なく行われました。

ＪＡＬの交渉の目的はソ連邦の上空を飛行して、ヨーロッパへの航路を実現することで、モスコーに飛ぶことではなかったのです。ソ連邦と日本との経済的な関係は発展しましたが、ソ連国内の政治的状況と、両国間の意見の相違は大きく、合意の実現を妨げました。

時代が変化し、ペレストロイカになり、その後ソ連邦が崩壊、ロシアは日本のパートナーになりました。より自由な時代が訪れ、ベルリンの壁が崩壊、それと共に「鉄のカーテン」も崩壊したのです。ソ連邦の最初の大統領ミハイル・ゴルバチョフは、日本を含む、世界中で大変人気のある政治家になりましたが、ソ連ではそれほど人気がありませんでした。

ロシア人はスターリンの鉄の手に慣れきってしまい、ゴルバチョフが世界的に人気があることや、彼が世界に対して包み隠しをしないこと、世界と西洋風に付き合えること、などに大層嫉妬したのです。

ロシア人は長いこと、政治的自由が何であるか知りませんでしたし、自由世界についても余り知りませんでした。また、国内で起きていることにも満足していませんでした。しかし、政治とは何なのでしょうか。私は政治学者でも、分析家でも、そして、ジャーナリストでもありません。私が言いたいのは大きな変化がやってきたということです。

日本航空の支店は、ボリショイ劇場から歩いて五分、赤の広場から一五分の、モスコーの中央通りの一つに移ったと言えば充分でしょう。以前には、こうしたことは、夢想だに出来ませんでした。外国企業や航空会社の事務所は、ホテル内だけにあって、それも一階ではない上層階で、道路には広告すらなかったのです。勿論、ソビエト人はアエロフロート機にしか搭乗できませんでしたから、広告の必要もなかったかもしれませんが。

長い間、何百万人が住むモスコー市内に、日本料理店は一軒だけしかありませんでした。そして、日本から飛行機で食材を運んでくるために途方も無く値段が高かったのです。現在では、どんな食材で作るのか知りませんが、寿司バーはモスコー市内のほとんどの大通りにあります。ついでに申し上げますと、日本料理はロシア人の間で非常に人気があり、日本レストランは常に混んでいます。もしも、貴方がロシアに二〇年も来なかったら、あまりにも変わり、これがロシアかと信じられないでしょう。まさにこれが、現在のモスコーなのです。

ペレストロイカになる前、ＪＡＬに一人の若い日本人が働いていました。

彼は非常に決断力があり、威勢の良い人でしたが、デリカシーがあるとは言えない人物でした。例えば、モスコー市内で、彼にとっては全く不可解で、受け入れられない事に行き当たったりすると、大抵の場合、軽蔑したように「これがロシアです」と言っていました。これは、ロシアからは、あまり良い

1970年、初来日の際のスナップ。ソ連時代、一般のロシア人が自由主義圏の国を訪れるのは珍しいことでした。

事を期待できないと考えていたからなのです。そうした時、私のロシアを襲撃するかもしれないと考えて、私は「虎」になったものです。

さらに時が過ぎて、私の会社は採算が合わないということを理由に、モスコーに着陸する便を減らし、遂に一週間に一便だけとなりました。日本人スタッフも次第に削減され、今は最少の二人の日本人で、残りはロシア人です。

ロシア人スタッフは、日本人乗客へのサービスの特質を熟知するようになり、以前よりプロらしい経験を積み重ねました。

この経験から申し上げますと、日本人はサービスの面で、日本国内において、甘やかされており、他国の顧客に比べて要求が多いと言わねばなりません。私が日本的なサービスというものを、より深く知るようになり、両国のサービスを比較した場合、ロシアにはサービスが無いとしか言いようがありません。

私は旅客の快適さのためには、可能な限りのことを、そして、旅客が困難な状況にある場合には、最高の支

福井初代モスコー支店長宅での「日本文化の日」。箸の使い方を学びました。日本文化への憧れを持ち始め、その後、長い間、日本の航空会社に勤めることになりました。

援ができるよう常に心掛けました。しかし、時には「このように働き、素晴らしいサービスが提供できるのは、日本人だけだ」と、いうことに似た侮蔑的なコメントを、聞かなければならないこともありました。お客様の為に私が陰でやって差し上げているということを、感じていないのです。

一方、お客様からお褒めの手紙、感謝の手紙を受取るのは気分の良いことです。日本人のお客様には、お礼の言葉を振りまく傾向はありませんが、それでもそうした手紙は支店で働いていた長い間に、たくさん貯まりました。

しかし、私にとって最も大事で、大切なことは、いつもお客様が満足されていることでした。

これは、感謝以上のものなのです。

第三章　日本人にまつわるロシアでの滑稽な話

如何なる民族の人も、間違いを仕出かしたり、迷ったり、訳の分からない状態に陥ったりすることがあるということでは、共通点があります。

長い間、日本人と一緒に仕事をしていましたので、興味深いことも、たくさんお話しすることができます。その幾つかのお話しを致しましょう。

ある時、東京から会社の大事なお客様がやって来ました。彼らに対しては最高の接遇をしなければならなかったのです。

福井支店長は彼らをクレムリンに案内し、モスコーの名所を案内するよう、私に申し付けました。クレムリン見学中に、外見が日本人に似た、同じような民族の感じの人が、お客様に近づいて来て、自国の言葉で話し掛けました。彼らはカザフスタンという、中央アジアからの旅行者で、カザフ語で話しかけて来たのです。彼らは日本人を自国の同胞と思い、この日本人がカザフ語を喋らないでいることに、どうしても納得しなかったのです。彼らは多分、生まれて初めて日本人に逢ったのでしょう。この状況は喜劇のようで、全員で仲良く大笑いし、日本人がいつもするように、記念に写真を撮りました。

シェレメチェボ空港では、もっとおかしいというか、とんでもないことが起きました。

二人の日本人船員が、東京からモスコー経由アーデンに行くため到着しました。アーデンでは出航しようとする船に、彼らを乗せるため、船会社の担当者が待機していました。ＪＡＬ機がシェレメチェボ空港に到着すると、アーデン行きの便に乗継ぐために、トランジット用待合室へ案内しました。丁度同じ時間帯に、シェレメチェボ空港からモンゴルのウラン・バートル行きのアエロフロート機が運航していたのです。

ウラン・バートル行きの搭乗がアナンウンスされると、トランジットルームの担当者は、二人の乗客の身元を充分に確認しないまま、モンゴル人に似た人を見て、彼らに有無を言わせずウラン・バートル行きの航空機に乗せたのです。

こうして、わが日本人船員はモンゴルへと飛んで行きました。JALのモスコー支店はアーデンから船員が到着しないという連絡を受けました。色々と探した結果、船員はウラン・バートル行きの機内だと判明しました。「おかしいやら、悲しいやら」というロシアの諺があります。私が経験により、何度となく確信したのは、白色人種の人々は、黄色人種の人々を、皆同じ顔だと思い、また、同様に黄色人種は、白色人種を同種だと思っているということです。こうした出来事や珍事、現象はユーモアと受け取って欲しいものです。

日本人のスタッフであった奥野さんにも滑稽な話があります。

彼はカザフスタンのアルマータへ旅行に出かけました。ソ連時代に外国人は、ソ連の独占的国営の旅行会社、インツーリスト・ホテルにしか宿泊することができませんでした。

わが日本のこの同僚は、容貌があまり日本人の特徴をもっていないものですから、直ぐに中央アジアの住民と、とられる可能性がありました。奥野さんが友人と立ち寄ったインツーリスト・ホテルの外国人用の外貨バーで何が起きたとお思いでしょうか？

現地の警察が、彼をカザフ人と思い、警察署に出頭を命じたのでした。ソ連の法律はソビエト人が外貨を所有することを禁じていたのです。

「法律違反の疑い！」。彼は警察の後について行きました。

モスコーに帰着後、アルマータでの思いがけない事件を聞いて、私たち同僚は、彼に質問しました。「何故日本人と言わなかったのですか。何故パスポートを見せなかったか」と。

彼が言うには「ソ連の警察署がどんな所か見てみたかったし、彼らが僕に何をするか興味があったからだよ」と。

もしかしたら、日本の方には、この事件はあまり面白くないかもしれませんね。その理由は、日本人は「外貨バー」をあまりご存知ではないでしょうから。

このバーでは外貨だけ使えて、現地通貨であるルーブルは、支払いができないのです。でも、ペレストロイカ以前にソ連に来られた方は、多分このユーモアがお判りになることでしょう。

こうした滑稽な話は数限りなく思い出すことができます。

しかし、皆さんがお疲れになるといけませんから、滑稽な話はこれで止めておきましょう。

第四章　ドラマチックな人の繋がり

日本人は、個人的なこと、家族のこと、自分が抱えている問題などを他人の前で打ち明ける習慣が、あまりないようです。ロシア人は反対に「腹を割って」話すのを好み、他人にも自分の生活を話します。私たちはこれを「心中を吐露する」と言っています。色々な民族の旅客と接触することにより、人間の運命について沢山の話を聞きました。

幾つかの物語は、読者の皆様に是非お話ししたくなる程、心に深く残っています。

ある時、私どもの店に、日本行きのチケットを買いにロシアの将校が来ました。彼の行動や質問から、日本や外国に行くのは初めてで、非常に心配しているのが、はっきり判りました。航空券を発券している間に聞いた彼の話に、私は大層心を打たれました。

彼とその家族を日本へ招待しているのは、大阪のビジネスマンでした。この日本人は元軍人であったので、第二次世界大戦後、ロシアの捕虜として収容されていました。捕虜の収容所は、ソ連の極東のある町にありました。ロシア人将校である収容所長には、幼い息子がいました。ある時、この子供が、収容所の中の池でおぼれそうになりました。

日本人捕虜は、おぼれそうなこの少年を見ると、何も考えずに、そして即座に、池に飛び込んだのです。少年は救助され、父親は大変感謝しました。

多くの年月が過ぎ、捕虜だった日本人は、ビジネスマンとして成功し、ロシア人の収容所長を探そうとしたのです。捜索が始まりました。父親は見つかりませんでしたが、将校となった息子が見つかりました。家族にも日本への招待状を送り、旅行費用も全て負担したのです。

ロシア人将校の司令部は、この計画が気に入らず、この招待を受けないように、そして、もし受けた場合には、軍人としての将来の出世も無くなると、脅迫さえしたのです。しかし、ロシア人将校は自分の命の恩人への感謝の印として、どうしてもこの招待を受けようと決心しました。

幸いなことに、このお話はペレストロイカ以後の、より自由な時代に起きたことなので、旅行は実現しました。この話の続きには、私も大いに興味がありますが、これで終りにします。

大事なのは、良い思い出、素晴らしい出来事は、人の記憶から一生消えることがないということです。もう一つの運命について、お話したいと思います。それは一九七二年から、未だ、私が関わっているお話です。

JAL便の搭乗者ですが、この方にとって、ロシアは第二の祖国になりました。

前にも書きましたように、一九七二年にモスコーのシェレメチェボ空港でDC8機墜落の大事故が起きました。その中で、奇跡的に助かった一四人の中に、ニュージーランドのブルース・スミスさんという、ビジネスマンがおられました。彼はコペンハーゲン－モスコー－東京便に搭乗していました。彼は事故による脊椎骨折の難しい手術の後、モスコーにあるボトキンという病院に二ヶ月入院していました。手術は先祖代々が医者の家族で、三〇歳ぐらいの若い神経外科医、それも才長けた女医が行いました。容姿が美しく、若い女医である外科医に対して、この患者は信頼を置けず、長いこと手術を断わり続けました。しかし、状況は大変危険で、早急に手術をする必要に迫られていました。

ブルース・スミスさんの家族と大使館員は、彼が手術に同意するよう説得しました。

そうしなければ、彼をニュージーランドへ搬送することは、不可能だったからです。手術は成功し、一ヵ月後スミスさんは、担架に乗せられ、ＪＡＬ機でオークランドに搬送されました。

ニュージーランドの医師は、脊椎のレントゲン写真を撮って見て、手術の見事さが信じられない程だということでした。二〇年間、スミスさんは航空機への搭乗を避け続け、ビジネスで大陸横断飛行が必要とされる場合でも、飛行機に乗ることはしませんでした。時間はどんな傷をも癒します。その中には精神的、心理的なものも含まれます。二〇年経って、ブルース・スミスさんは、再び飛行機を利用するようになりました。こうした人について、ロシアの諺では、「幸せに産まれつく」と言います。

ある時、彼の第二の故郷である、モスコーへやって来ました。それ以来、彼はモスコーのＪＡＬ職員や、生き残られた幸運な人たちと、繋がりを持つようになりました。彼は、毎年一回、「不運で結ばれた友人」が集まる、東京にも行きます。

彼はモスコーも、手術をした病院の医師も、決して忘れていません。

ブルース・スミスさんはニュージーランドに、ロシア人医師とＪＡＬのスタッフを招待しました。私も太平洋にある、遥かなる島、ニュージーランドを訪ねることができました。世界地図を眺めると、モスコーとオークランドの距離は、大変離れていますが、この距離は、ニュージーランド人と、彼を救助したロシア人との友情を、邪魔するものではありません。この友情の道の途中には、日本という国が横たわっているのです。

モスコー、シェレメチェボ空港事故での生存者、ニュージーランド人のブルース・スミスさんを1995年に訪れました。

第五章　二〇世紀と二一世紀の日本人

ご存知の通り、日本は古い伝統を大事にする国です。七〇年代に、初めて日本人と身近に接して、少なからず驚いたのは、二〇世紀が終ろうとしているにもかかわらず、技術的進歩と、いわゆる「経済的奇跡」にもかかわらず、ある種の伝統が根強く残っていることでした。

例をいくつか挙げるとすれば、それは伝統的な衣装である着物から始めて、風呂敷、地面に頭が付くほどの深いお辞儀、満面の笑み、時には見せかけとも思われる、極端な程の、礼儀正しさなどです。しかし、見せ掛けの礼儀正しさも露骨な無作法よりましです。

毎日、日本人の環境の中にいて、私は、日本人のメンタリティ、精神面の特徴、仕事上での日本人同士の相互関係のモラルを考慮しながら、振舞わなければなりませんでした。

理解できないこともありましたので、いつもうまく行く訳では、ありませんでした。

日本人の特徴、例えば、あからさまな質問と、答えを避けること、急がない、一緒に働いている者が能力的に劣っている場合には、自分の能力を誇示しないことなどです。

ＪＡＬは私に、次のような教訓を与えてくれました。

ロシア人の新人女性スタッフを雇う時に、外国の航空会社でしたら、最も必要とする英語の能力も余り高くない、中程度の能力者を、研修期間と称して採用しました。

仕事をするのに、長いこと考えている人間を、（これをロシア語では〝ドルゴドゥーム〟と言うのですが）を受け入れたのです。我々ロシア人スタッフは、「何故、そんなスタッフを雇うのか」と、困惑し始めていました。

ＪＡＬモスコー支店で、我々に根気よく、そして判るように説明されたことは、「各々のスタッフは、自分の専門に基づいて、仕事を遂行しなければならない」のであって、「他の人のできないことを要求し、非難してはならない」ということです。

より能力のある者は、自分の仕事に責任を持ち、より多く仕事を処理することが必要だ、というのです。このような説明は、最初、ショックでした。なぜなら、ロシアの組織や会社では、能力のある者、精力的な者、行動的な者が評価されるため、能力のより高い者は、自己の能力を隠そうとしませんでした。

この点において日本的哲学、個人に対する、より人道的でデリケートな関係を、私は次第に理解し始めました。

さらに、そのような時に、一人のロシア人女性スタッフが重病で、会社を長いこと休むことになりました。

病気は、ロシア人と日本人双方のスタッフの、同情を買いました。私たちは、病院にお見舞いに行き、お花や果物を差し入れました。その後、彼女は仕事に復帰しましたが、定期昇給の時期がやってくると、彼女には昇給という、名誉が与えられなかったのです。

ロシア人は、公平でないと言って憤慨しました。しかし、私たちへの説明で判りましたが、日本の規則では、長期間の病気休暇は、会社にも同僚にも迷惑を掛けたため、彼女が褒美を期待することはできない、ということです。自分の健康管理をしないのは、その人の罪であり、不幸なのです。

私たちは、悪名高い人道愛に惑わされていたのです。しかし、ここで、私たちは更に、もう一つの勉強をすることになりました。

概して、日本人はロシア人と異なり言葉を濁して、曖昧な返事をしようとします。率直さは礼儀正しくないと考えています。ですから次第に判って来たのは、日本人が「後で」と言うことは、「決して実現しない」ということなのです。

何か重要な、あるいはデリケートな問題が起きた時に、それが仕事上の問題でも、「回答、ないし決定は、いつまで待てば良いのか」という疑問に対し、答えは常に「後で、後で」と、私には聞こえました。

三〇年間にわたる日本人との交わりの間に、日本人の外観と行動、および表情も変わったことを申し上げない訳にはいきません。

一九七〇年の最初の日本訪問時には、街で日本人と英語で話すのは大変な苦労でした。英語を知っていると思われる日本人でさえ、関わりを避けて、恐ろしそうに逃げ出し、日本人でない顔と関わるのを恐れない、もっと勇気のある人を呼んで来ようとしました。

しかし、その後の訪日で、変化が見られるようになりました。特に未成年者は、しばしば、一緒に記念写真を撮りたがるようになったのです。二〇〇三年の最後の日本訪問では、二一世紀にもなっており、日本の様子は大層変化していました。外国人には誰も特別な関心を示さず、英語の上手な通行人は穏やかで、誰も外国人を避けることはありませんでした。

日本人の風貌も大きく変わりました。特に若者です。日本人は身長が伸び、立派な体格になりました。グローバリゼーションも、それなりの役割を果たしました。髪を染めた人の数の多さにもびっくりしました。この流行が一時的で、早く過ぎ去って欲しいものです。

黒い瞳と髪を持つ日本人とアジア人の肌には、染めた髪は全く似合わないと、思い、感ずるのは、私が、固定観念と保守主義に慣れ、考えが固まっているからなのでしょうか。

JALで仕事を始めた頃に、度々見かけた日本人のお客様の中には、いくらお金を払っても、ロシア人とは付き合いたくない、というタイプの方がいらっしゃいました。

それは、主として度々海外に出かける方で、ビジネスマンとか、外交官、文化人でした。

「JALには、日本人社員だけでなくてはならない」という考え方が強く浸透していました。

時が過ぎて、状況は変わり、日本人職員を主張する日本人は稀になりました。

JALのモスコー支店では、現在、主としてロシア人が働いており、多くの者は不自由なく日本語を話せます。

そのような考えの理由の一つは、ロシア人への恐怖と不信を注ぎ込んだ、共産主義が原因なのかもしれません。共産主義の崩壊後の現在、ロシアはゆっくりと自由経済、資本主義世界との接近の道を進んでいます。こうした概念は、多少時代遅れかもしれません。

ロシア市民、特に若い世代の精神構造は変化しつつあります。わが隣人である、日本人のロシアへの関係も変化しつつあります。

ヨーロッパは一つに結合しつつあります。もしかしたら、アジアも、何時の日か一つになることでしょう。

二つの大陸に位置するロシアは、どちらに加わるのでしょうか？

モスコー支店内での「日本週間」。きものを着て接客に当たりました。

第六章　ロシアと日本での、日本人

民族に関係なく、宇宙に存在する、あらゆる人間は、状況や存在する場所に応じて、様々に行動します。

人間の持つ、この行動の二面性は、しばしば大層快いものであると共に、いつも、私を大いに驚かせました。この件に関して、注意を向けてみたくなるほど、驚いたことがあるのです。

この行動の二面性は、色々な状況で説明することが可能です。

例えば、勤務中は仕事の雰囲気が行動を左右しますし、日ロのどちらの国でも、よい雰囲気は会社の業務の遂行で必要なものです。航空会社ＪＡＬと日本には、どんなサービスの基準があるかということを、ここで問う必要はないでしょう。外国人、特にロシア人の観点から、もしサービスの問題、甘やかしについて申し上げても、差し支えないものでしたら、日本人は甘やかされていると言えるでしょう。

モスコー支店のスタッフの最大の目標は、最高のサービスと快い旅行への条件を、提供することで、そうした状況下では、人の噂話をしたり、心おきなく、お喋りする時間など全くないのです。

だからといって、人間はやはり人間であり、仕事上のコンタクトだけではなく、仕事の場を離れた接触や交流も不可避です。

日本人は一般には控えめで、打ち解けず、余り心を開かない、というのが特徴だと思います。

ある時には、一緒に働く職場の隣人、日本人がどういう人間なのか理解に苦しみ、ある時には、誤った意見・観念が出来上がり、ある時には、日ロの言葉の違いや壁が、相互の理解を邪魔したのです。しかし、誰が何に値するか、この人は、どんな職員なのだろうか、この人は、どのような人間性の人だろうか、などということは、多少の差はあっても、はっきりとしていました。

しかし、はっきりしてはいましたが、それは完全ではありませんでした。

私が日本を訪ね、これらの人々に接して、今までとは全く異なる、彼らの面を発見しました。それは、特に精神的な資質です。

私にはこのように、一人の人が、異なる色々な振る舞いをする理由が、理解できませんでした。最初に頭に浮かんだのは、日本人特有の資質ではないと思うのですが、人間は自分の国にいる時はずっと自信が持てると感じ、多く喋ることを恐れず、より暖かくなり、より正直になるものです。

こうした二面性の、二番目の理由は、日本人のお客様を迎える際の伝統的な、もてなしの仕方です。お客様には心のこもった接待をし、最も細やかな気遣いを行い、「こんな風にされては、全くお返しできない」と感じさせて、気まずくなり始めるような、手厚い面倒を見せてくれるのです。このような印象や意見は、私のみならず、日本を訪れたロシア人の同僚に、共通するものです。

私は日本への出張が大好きで、日本の知人に会った場合は、全く時間が過ぎるのも忘れ、時間が足りなくなってしまい、全ての素晴らしい友人に会うことは、大変困難となります。

そのもてなしや、配慮というのは、思わず自分のことを、実際より良く考えてしまったり、自分の目にも、自分が大きく成長したかのように思ったり、錯覚さえする程です。

そうした配慮の、最も気分の良い面というのは、概してロシア、ロシア人全体への敬意に満ちた接し方であり、特別な特権階級である、官吏や官僚主義については話題に出さないということです。支店では隣同士で働きながら、日本を訪問して、今まで全く見当もつかなかった、人間性の面に次第に気がつきました。

例えば、日本で判ったのは、ある日本人同僚の父親は、非常に有名な軍人パイロットであり、日本の国民的ヒーローであり、彼の名前は、日本の著名人を記載する本にも載せられています。

彼の名前は加藤さんです。（注、この書の第1部に、登場願った加藤さんです）

他の同僚の御祖父さんは、日本軍隊の大将で、戦後、長い間、モスコーから遠くない戦争捕虜の収容所にいたのです。家族についての自慢話というものを聞いたことがありませんでしたし、家族だけではなく、功績のある日本人について、一度も直接、本人から話を聞いたことがありませんでした。

勿論、日本とロシアの両国は、日本海で分けられているだけではなく、戦争はロシアと日本を分断しました。しかし、日ロ間の戦争は両国の政治家と軍人によるものです。

長い年月が過ぎ、ロシア人と日本人の間には、最早、どんな敵意もあり得ないと、私には思えます。

私たち日ロの国民は、良き隣人であり、私の意見は、大方のロシア人も同様に考えていると思います。日本人は、生まれつき控えめで、節度があり、個人的問題、家族の話題を話したがらない、と私は書きました。勿論、こうした特性には、全く個人差があります。

第二次大戦に関連する諸問題は微妙なテーマのようです。政治家は、両国の間にある、幾つかの問題解決を急いでいないようです。

第七章　私の日本の弟、富岡譲二さん

前に書きましたように、私がＪＡＬモスコー支店で働いた、三十数年の間に、一五〇人以上の日本人スタッフと一緒に働きました。大多数の人たちとは、友好関係にあり、お互いに思い出があるため、定期的に会うことは嬉しいことです。

ある人とは、積極的に近づくが、フォーマルにしか接することができない。一方、ある人とは、温かく密な関係を築くことができる。それがなぜなのか、私たちには説明ができませんね。

その中の出会いの一つは素晴らしく、そして、偶然ではないような気がします。

一九七〇年初めに、ＪＡＬモスコー支店に富岡譲二という新しいスタッフがやって来ました。彼は活発で、ユーモアがあり、様々な興味、特にロシア人に対しての興味は、一般的なステレオタイプの、日本人スタッフとは異なっていました。

彼はロシア人に対する異常なまでの好奇心、そしてロシア語を一生懸命学ぼうとする姿勢が、我々スタッフに気に入られました。彼は大学でロシア語を学んだ後は、ロシア語を使う機会が全くなかったために、着任時のロシア語は判りづらいものでした。

しかし、それは我々のフレンドリーな交流の、妨げになるものではありませんでした。

富岡さんが、ロシア語を、上手に話すことができるよう努力する姿を見て、我々は彼に協力することにしました。

彼は機転が利き、発明家精神を持っていて、必要なロシア語の単語を思い出せない場合には、何かに関連づけて連想していました。時として彼が発する単語はロシア人には、面白おかしく響くことがあり、我々は富岡さんをからかって、今でもその言葉を使っています。

ロシア語では「お湯」のことを「キピトーク」と言いますが、彼は「キペーツ」と言っていました。これはロシア人にとっては、大変面白おかしく響くものですが、彼が何について言っているのか、我々には直ぐに判りました。ロシア語の表現法は最も豊富で、多様性のある言語の一つですが、富岡さんはそのロシア語を、さらに多様化する才能を持っていました。三年後に日本に帰国しましたが、彼は自由に、ロシア語を話せるようになったのみならず、ロシアの歌を歌えるようにもなりました。今でも私は、彼とロシア語で話し、彼は今でもロシア語を忘れていません。

一九七〇年代のロシアでは、広く才能を持った、有名なエフゲーニー・マルチノフという作曲家が作った、「白鳥の信頼（愛）」という歌は、大変人気がありました。それは純粋なロシア精神を持った人の愛、忠誠、人の世の厳しさを歌った曲です。この歌はメロディーが美しく、詩はロシア人の心をグットえぐる、そして、しんみりと響く曲でした。富岡さんはこの曲が大変気に入り、たびたび歌い、そしてサキソフォーンでよく演奏したものでした。彼のサキソフォーンの演奏には我々スタッフも当時、魅力を感じ、彼をさらに気に入りました。彼の目にちなんで「ミーチカ」と呼んでいました。彼はその意味を知りませんでしたが、例えそれを知ったとしても、悪い気持ちはしなかったでしょう。

ミーチャとはロシアで古くから人気のある、ドミトリーの愛称です。ドフトエフスキーの作品の中の主人公も、ドミトリー・カラマーゾフでした。それ以外にも、古代ロシア史の中で一目置かれるドミトリー・ドンスコイ公がいます。ドミトリーとはロシア古来の呼び名であり、ロシア人にとっては響きが良いものなのです。そして、ミーチカとは友人や親戚のごく親しく、親密な関係で呼ばれるミーチャの愛称です。そのようなニック・ネームで、彼は私たちの間で呼ばれていました。

私の知る限り、日本では、あだ名や愛称を、その人の性格や目の表情、日常の行動の中に表れる癖や外見などにより付けられるものと、解釈しています。

我々、ロシア人スタッフにも、噂を通し、目の表情などにちなんで、あだ名が付けられていることを知りました。余談ですが、支店の日本人スタッフは、私のことを判断力や強い精神力から、「ＪＡＬのサッチャー」と呼んでいることを、たまたま知りました。私はマーガレット・サッチャーさんが個性的であり、綺麗な女性と捉えているので、そのあだ名には満足しています。

富岡さんの話題に戻りますが、人に対して注意を払い、感謝の念を忘れない人間として性格づける、一つの事実に触れてみたいと思います。

一九六四年一〇月に開催された、東京オリンピックの際に、彼はボート競技場で、特にソ連の有名なボート競技の選手の通訳をしたとのことです。彼が支店での勤務のため派遣され、モスコーに赴任後、そのロシア人選手が、現在どのような生活を送り、その後の運命はどうなのか、そして、できれば、東京オリンピックでの思い出を語りたいとの思いから、彼を探し始めました。私もその人を探すために、お手伝いをしました。

一度知り合いになった人の、その後の人生に対して興味を持ち、再会しようとする願望は素晴らしい性格によるものと思われます。

富岡さんのモスコー生活の中で、笑い話となるもう一つのエピソードを、紹介しましょう。

この話はユーモアとして捉えるなら、笑い話になりますが、真面目に捉えるならば、大変悲しい話です。

日本からモスコー支店に日本人が着任すると、通常、直ぐに買うのは、冬に備えるための品物です。冬になると、外気はマイナス三〇度にもなるので、動物の毛皮で作ったコートや帽子は必要不可欠のものなのです。冬の間、当時、最も一般的だったのは、羊のなめし皮でできたデュブロンカや、シューバといわれる毛皮のコートや、ジャコウネズミの毛から作った帽子でした。富岡さんは、寒冷地用の防寒服を買ったのですが、それは大金を叩いても、中々手に入らない、珍しいものでした。

ある時、モスコー市内のクレムリン広場の近くにある、当時、人気のあったレストラン「アラグビ」で、大勢のお客さんを招いての、レセプシヨンがありました。レストランには多数の人と、たくさんの毛皮のコートがありました。外はマローズという極寒、冬もピークに達していました。

レセプシヨンが終わり、富岡さんはクロークに戻りました。しかし、そのシューバはありませんでした。どうも、誰かがそれを着て、帰ってしまったようです。つまり、端的に言えば、盗まれたのです。盗んだ人の捜索は、全く別の世界の、探偵小説の物語のようでした。

その外套を失うことにより、富岡さんは不屈にも、ストイックな生き方をするようになったのです。つまり、彼は今、自分がどこで生活をしているのかを、十分に思い知ることになったのです。

富岡さんと一緒に働いたのは大分前のことですが、二人が長く交流を続けられるのは、多分、血のつながりよりも、日ロを挟んだ「魂の親戚関係」、つまり精神的に繋がっているからなのでしょう。一緒に働いていた航空会社が、私たちの運命の出会いのきっかけを、作ってくれました。

富岡さんは、私のことを、「私のロシアのお姉さん」、と呼んでいます。これに対して、私は彼を、「日本の弟」、と呼ぶことに満足感を感じています。

私たちはどのようにして知り合い、そして、互いにロシア人と日本人について、どのように考えているのかなどを書いて、日本の読者に読んで貰おうという考えが、浮かんできました。

ささやかなこの話に、皆さんが興味をもって頂ければ、私は大変嬉しく思います。そして、日本の皆様のご意見や感想を是非、聞いてみたいと思っています。

（日本語訳は小松佑子さん、第七章は後藤セリョージャさんの協力を頂きました）

第3部

日・ロ、そして、アジアの近隣諸国との、相互理解と善隣友好の時代の到来を願って

第一章　日本とロシアの今日、そして　明日

二〇〇五年一一月、ロシアのプーチン大統領は、五年二ヶ月ぶりに、多数のロシア経済関連団体のメンバーと共に、日本を公式訪問しました。日ロの両首脳の会談は、経済活動の一部の合意を除いて、長い間懸案の、北方領土問題の解決は、今後の協議に譲ることにして、平行線のまま、終ったと報道されました。

一七九二年、アダム・ラクスマンが、江戸に向かう途中で暴風に遭遇、ロシア領の北の小島に漂着し、約十年後苦難の末、帰国した大黒屋光太夫を伴ない、現在の北海道、蝦夷を訪れました。

その後、一八五五年の二月七日（安政元年）日ロの通商条約が伊豆の下田で結ばれました。

歴史的には、これが日ロ交流の始まりといわれ、二〇〇五年が、修好一五〇年になります。

ロシア側の代表者はプチャーチン、当時は、日ロ相互の言葉を理解する人がいないため、双方が理解し易いオランダ語を使い、交渉を進めたとのことです。

使用した言葉の壁があり、互いの理解が十分できたのか、疑問の残るところです。

一九〇四年（明治三七年）になると、日露戦争が起り、一九ヵ月間続き、両国の間に多数の犠牲者が生じました。

一九二〇年には、シベリア大陸の東端にあるニコラエフスクにおいて、日本では「尼港事件」と呼ば

れる血生臭い事件が起き、さらに、第二次世界大戦末期のソ連軍の侵攻、シベリア捕虜などの悲劇につながりました。そして、北方領土をめぐる問題は、現在も二国間の未解決の懸案事項として、両国関係に、大きな影響を与えています。

プーチン大統領訪日と同じ頃、笑顔で記者会見に臨んだ、日米の両首脳は、「親密な友人、友好関係」を強調しました。日ロ会談後の両首脳は、あまり笑顔を見せず、現在の日ロ間の関係を象徴する雰囲気の、記者会見でした。

日米と日ロの関係を比べた場合、政治、経済、交流、人々の往来を始め、結び付き、絆は圧倒的に日米間が太くなっています。

遡ってみても、この関係は、鎖国下の江戸時代に船が難破し、苦労の末に帰国を果たした、二人の人物、大黒屋光太夫とジョン・万次郎こと、中浜万次郎の、帰国後の幕府の扱い、二人の運命、歩んだ人生の航跡に相通ずるものがあると言えるでしょう。

万次郎が帰国した時期は、江戸も末期、諸外国から門戸開放の要求が高まり、取り巻く環境も変化を迎え、鎖国から開国へと大きなシフトを必要とする時代でした。

黒船の来航を受け、江戸幕府は開国へと動き、日米和親条約が締結されました。

その時、万次郎は数少ない、外国事情を知る者として重用されたのです。咸臨丸での渡米では英語の通訳士として活躍、明治政府になると、現在の大学教授以上の待遇を受けることになりました。

一方の大黒屋光太夫は、万次郎より一世紀ほど前に生まれましたが、紀州・和歌山の町から江戸に海産物などの品物を輸送する途中、時化に遭遇し、カムチャッカ沖の小さな島に漂着してしまいました。厳しい寒さや乏しい食料事情の中でも、島民からの暖かい支援を受け、多くの仲間を失ったものの、なんとか生き延びました。

帰国の許しを得るために、はるか遠く離れたサンクトペテルベルグまで渡り、約十年に及ぶ歳月を掛け、念願の帰国の夢を果たしました。

しかし、北の国、ロシアへの畏怖、不信感から、光太夫にスパイの可能性もあり、との疑いから、江戸の町に幽閉され、失意のうちに一生を閉じたと言われます。

二人の間には時代背景の差はありますが、光太夫と万次郎の帰国後の運命の違いは、現在の日米、日ロの関係の差に重なって見えます。


時が流れた二一世紀は、「地球規模のグローバル化の時代」といわれ、国境を越えた政治・経済、人々の交易や交流も一層拡大し、一国だけでは生きてはいけない時代になりました。

最近、世界を巻き込む、様々な事件やニュースが報道されていますが、一九九〇年代以降の最大の出来事は、ベルリンの壁の崩壊を端緒とする、旧ソ連の崩壊、社会主義圏の中・東欧諸国の市場経済化、さらに世界を震撼させた九・一一、アフガン戦争、イラク問題などでしょう。

旧ソビエト圏の解体は、二極による冷戦構造の終焉、東西の緊張緩和に繋がりましたが、逆に、九・一一事件は、二極から多極化へ、新たな緊張と混沌とした時代を迎える契機にもなりました。

テロ事件は国際間の交流や移動に、さらに世界中の企業、特に航空会社や観光関連業に大きな影響を与え、現在もその影は消えていません。航空大国を誇るアメリカの巨大航空会社が、会社更生法の適用を申請し、長い歴史のある欧州の航空会社が倒産、合併・統合の再編が続いています。

天国に一番近い国とか、最後の楽園と言われる名所は、地球上に幾つかありますが、その一つ、インドネシアのバリ島を、テロ事件直後の二〇〇二年に訪れました。

　以前は、島の生活ものどかで、一つの家族に子供は、平均して十名以上いたそうですが、最近、少子化の波がこの地にも訪れ、四〜五名ほどに減っているとのことです。

　日本やオーストラリアから、また、旧植民地として支配していた、オランダからの旅行者も減り、ホテルやレストラン、お土産店では客が見られず、沈む夕陽が綺麗な砂浜の海岸で、ほそぼそと貝殻細工を売る若いお母さんも、窮状を訴えていました。

　そして、再び、テロ事件が起きています。

　国際化や地球のグローバル化といわれる中で、小さくて、平凡な一市民も、世界の政治や国際情勢に、大きな影響を受ける時代になりました。

《日本とロシアの強み、弱み》

　社会主義時代は、国家に不都合な情報は報道せず、鉄のカーテンに覆われる秘密の国と言われましたが、崩壊とともに、市場経済化が進み、様々なニュースが流れる時代となりました。

　日本でも最近は、物騒な事件、悲しい出来事が多発し、暗いニュースが流れますが、自由主義になったロシアから伝えられる報道も、新学期が始まったばかりの北オセチアの学校への襲撃事件をはじめ、明るいものより、暗く、深刻なものが多く見られます。

　日本は中国と、経済や人の交流、留学などで関係は深まり、東西の冷戦時代に比べ、はるかに改善しましたが、歴史、靖国、潜水艦等の問題が生じ、反日のデモも起こり、「政冷経熱」状態で、互いに理解し合う、望ましい隣善友好という雰囲気ではありません。

韓国とは、日韓共催のサッカーの世界大会や、人気を呼ぶ韓国のテレビドラマ、キムチや料理の影響で、韓流ブームが起り、両国民の訪問も増え、相互の理解も広がり、近くて、親しみのある隣国関係になりました。

と、思いきや、一つの小さな島の帰属や歴史問題などが起因して、再び厳しい雰囲気となり、外交関係は一〇年ほどステップ・バックした印象さえ与えています。最も近い、お隣の国との関係は、どうもすっきりと行っていません。

ロシアとの関係も、この章の冒頭のごとく、経済では関係拡大の傾向は見えても、戦後も約六〇年経ちましたが、他の分野では好転の動きは見られません。

両国間の人々の往来や結びつきも、残念ながら、近づきつつある、と言える状況ではありません。二〇〇四年の訪日ロシア人は、五万二千人、訪ロシア日本人は八万五千人で、日米間の往来と比べても、遥かに少ない数字、この点から判断しても、両国の関係は、大いに改善の余地があります。

一方のロシアも、近隣諸国との関係は、ロシアが願うようには動いていません。

フランスやドイツなど、西ヨーロッパの国々との関係は、冷戦終結後に強化され、特にドイツとは、両国の首脳が四年間で二八回の会談を持つなど、緊密な関係が保たれています。

しかし、先に共同軍事訓練を行った、お隣の中国を除いて、社会主義時代に共和国として連邦に属していた、バルト三国をはじめ、中・東欧の国々は、次々とNATO（北大西洋条約機構）やEU（欧州連合）への加盟を表明し、西側諸国との関係強化に努めています。

直接ロシアと国境を接し、密接な関係をもっていたベラ・ルーシーやウクライナの二つの国のうち、ウクライナは、やり直し選挙の結果、親西欧派の新しい大統領が誕生。

人口五〇〇万人ほどの小国モルドバは、旧ソ連に属し、欧州で唯一の社会主義政権が支配していたが、その政権も、最近、EUへの加盟希望と、欧州への接近を表明。キルギスも長年権力の座にいた親ソ派の大統領が、政権の場を追われました。

旧ソ連邦の影響下にあった、ウクライナでは「オレンジ革命」が、キルギスでは「チュリップ革命」、グルジアでは「ローズ革命」と呼ばれる花に因んだ運動が起こり、旧体制への批判と改革の運動が盛り上りました。

これに対して、ロシアは、天然ガスや石油の国際的な標準価格への引き上げ、モルドバのワインの輸入禁止措置などで対抗しようとしました。

石油や天然ガスなどは、日常生活に直接関係し、ロシアが持つ豊富な地下資源に魅力を感じるが、ウクライナやグルジア、ポーランドなどの中・東欧諸国、同じく旧ソ連邦に属していた、バルト三国などは、隣国で、大国のロシアとは、経済的な関係をもつ必要がありますが、ソ連時代のアレルギーもあり、煙たい存在として、ロシア離れをおこしています。

グルジア産のワインは高価になり、米欧に輸出され、ロシアには入らなくなってしまったと、聞きます。モルドバ産のワインも、結構、渋みがあり、芳醇、値段の割りには、「イケル」味だと思いますが、モルドバ産ワインの輸入が禁止されたり、制限されると、結局、アルコール好きのロシア人が、最も大きな影響を受けてしまい、渋みと苦味を感じるのは、やはり、ロシアの愛飲家でしょう。

日ロの両国は、経済の分野は別にして、外交関係では、近隣の国々から、「気になるというよりも、どことなく嫌な隣人」として見られ、端的に言えば、それは残念なことですが、尊敬されていない、ということに共通点があると思います。これは、あくまでも私感ですが、間違いであれば嬉しく、結構なことです。

直接、国境を接する隣国と、全ての点で、問題なく、友好的にやって行くことは、様々な問題が絡み、困難が伴いますが、今後の日ロの課題の一つは、経済発展だけではなく、近隣国をはじめ諸外国から、親しみを持たれ尊敬される国作り、イメージ作りであると思います。両国とも、潜在的な力を持つ国ですから。

《現在の日本とロシアの経済、社会情勢》

日本は一時期、ドイツと同じく、世界中が見張るほど、高度の経済成長を示し、陽出る国、経済大国としてもてはやされました。東南アジアの国の、ある指導者は「ルック　イースト」と述べ、日本を手本に国を発展させようと、一目置かれる存在になりました。

しかし、バブル崩壊後の日本は、長期の経済停滞から抜け出せない上に、犯罪も多発し、自殺者も増え、もはや、日本を手本にしようという、「ルック　イースト」なる言葉は色あせ、死語にもなってしまったようです。

日本が、アメリカを凌ぐような経済発展をし、バブルに浮かれていた頃、ロシアは社会主義政権下の時代で、非効率の官僚、経済体制、膨大な軍需支出などにより、長期の経済停滞に悩まされていました。しかし、成長率で見る限り、日ロは現在、逆転する状況になりました。

ロシアは石油や天然ガス、貴金属などの資源に恵まれている上に、特に、石油価格の世界的な高騰により、外貨収入が増え、それが設備投資や個人の消費拡大に繋がり、過去六年間のＧＤＰ（国内総生産）も、六～九％の高成長率を示しています。

経済、社会情勢など、様々な分野で閉塞状態が目につく日本に対して、一時、食料危機に見舞われるほど低迷した状況も好転、新興財閥の一人で、次期大統領候補と見られていた社長逮捕などの荒っぽい事件が起りましたが、ロシアは経済的に、中国、インド、ブラジルなどと共に、新たな、明るい歩みを始めています。

駐在時代の話しですが、支店のカウンターに、八〇歳を越えたと思われる日本人の老紳士が入って来られました。この方は、元農林大臣を務め、革命前のロシアをも訪問したことがあるとのことでした。その方は「他国を批評することはよくないが」、と前置きした上で、「当時のモスコー市民の生活は厳しく、民衆の生活を救うためには、やはり、社会主義制度の導入が必要だったのだろう。ただ、その思想や考えの正否は別とし、経済的な停滞は運用する人間に問題があるのだろう」と、話していました。

一般的に、人は生活にゆとりができると、時には日常生活から離れ、新しい情報を得、未知なる世界への訪問、自然や人、歴史との触合い、心の癒しなどを求めるようになります。これが、旅と言われるものですが、日本でも経済力が向上し、海外旅行のブームが訪れたように、現在ロシアでも海外旅行への志向が大きくなっています。

社会主義時代は、国家が認めた者や芸術家、スポーツマンなど外貨が稼げる、ごく一部の特権階級しか海外に出られませんでした。ソ連時代の厳しい制限や規制への反動もあり、経済力の向上とともに、一般のロシア人も外国へ大きな興味と関心を持ちはじめました。

その典型的なものが旅行で、旅行費用が個人でも比較的容易に手に届くものになったことで、未知なる世界への訪問願望、外国商品やブランド品の購買志向が広まっています。

それを助長し支援するものとして、マス・メディアの媒体による宣伝・広告、IT情報手段、渡航経験者による口コミなどが、大きな誘引力になっています。

旅行会社を経営するロシアの知人によると、ロシアからの海外旅行先は、近くて、温暖な気候のトルコやギリシャ、キプロス、イタリアなどに人気があるとのこと。やはり、昔からロシア人は温暖な南の国への憧れを持っているのでしょう。平和産業である観光での南進策は大いに歓迎すべきことです。地理的にも遠く、航空運賃やホテルや観光地の地上費が割高な日本は、強いあこがれがあっても、まだ遠い国のようです。

先に訪れたウイーンの街中やモーツアルトの音楽会で、また、終戦後、軍事裁判が行われ、現在では人形の町として有名な、ドイツのニュールンベルグの街中で、その時は、ロシアの連休と重なったこともあり、多数のグループや個人型の旅行者がしゃべるロシア語が街に溢れていました。一時期、ヨーロッパの街々に日本語が響き渡ったように。

また、ラスベガスのホテルのプールサイドでは、幼い子供を連れたロシア人家族が、バカンスを愉しんでいました。

元々ロシア人はダーチャというセカンドハウスを郊外に持ち、そこで野菜を作り、春から秋にかけて長期間、自身や家族との自給自足の生活を楽しむという習慣があります。

社会主義から抜け出し、経済が向上すると、人々の意識も変化して、個人や家族中心の、自分流の生活をエンジョイする、いわゆる、ネオ・インデイビジュアリズム的な傾向が見られます。社会主義時代にも、国家や社会の規制から逃れたいという、個人主義的な傾向はありましたが、その　流れは一層、増幅されています。

個人生活の楽しみ方の、一つの形態として、旅行、特に海外旅行が定着化しつつあるのでしょう。

ロシアの消費の拡大は旅行に限ったことではありません。

持てる者と持たざる者との富の格差が、広がっているのも事実ですが、現在のロシアはＩＴとモータリゼーション、消費需要の多様化も進んでいます。特に、自家用車が顕著で、住宅や家具調度から始まり、ヨンの時代と言えます。元々、車への関心も高く、ソ連時代には一般市民は、自家用車の購入の際、手にするまで三年以上待つ必要がありましたが、修理を繰り返し、大事に乗り回していました。

現在、モスコー市内では、以前は想像もできないほど、朝晩は車の大渋滞となっています。

今までは路上駐車も普通でしたが、市内では車が増え過ぎ、路上駐車が問題になり始めました。日本車はドイツやスエーデン製と共に、価格の割には性能が良いことで人気があり、日本最大の自動車メーカーも近く、サンクトペテルブルグに高級車の製造工場を建設するというニュースが流れました。

日ロ間の政治、外交も含め、経済関係は、是非とも、もっと太く、密な関係になるよう期待したいものです。経済関係が先行すると、北方領土の帰属が遅れるとの議論もありますが、日本のハイテク、技術力は、世界中から最も期待される分野であっても、日本が逡巡したり、様子見をしている間に、他の多くの国も、技術力で日本に急迫していて、その穴を埋めることもたやすい時代になりました。領土の返還要求は、歴史的は経緯の説明を含み、常に行なう必要があります。

《日ロの教育》

政治・経済ともに大切なことは教育です。

教育は、国の将来を築く若い力を育成するために、大切で、重要な制度であることは、何方にも疑いのないことでしょう。

国際協力機構による学力の国際比較では、従来最高位に位置していた日本人生徒の学力は、低下傾向を続け、学習の姿勢も受身、自分の考えを表現する力が不足、読解力の低下も目立ち、その状況が危惧されています。

従来の日本の学校教育は、戦前から、先生と生徒という、上と下の関係を主とする、縦軸関係で指導を行ってきましたが、最近はゆとり指導の中で、競走を抑え、仲間とのつながりを重視、先生と生徒の関係も横並び、横軸の教育に変わってきました。競走を排除するために、結果として、これが学力低下につながったと言われています。

日本には「腹芸」という独特の言葉があり、これが美徳のごとく言われたこともあります。事実、外国企業との商取引や交渉事でも、一方的な自己主張は、強情と取られ、反感を呼び、営業上、逆効果を生むこともあるでしょう。国際社会でも、言いたいことも腹に収め、自己主張をしない日本人は、「紳士」として、それなりの評価を受けることも事実でしょう。

その一方で、自己主張の無さは無責任とも理解されることがあります。

国際間の関係がより密になり、国境を越えた企業間の競争が激化している現在、政治の世界や経済活動では、しっかりした意見や考えを述べ、主張することが必要で、そのための訓練は幼い頃から行なう必要があります。最早、自己主張をしないこと、自分の考えを表さないことが美徳とされる時代は終わりました。

表現力という点ではロシア人は大人も子供も、遥かに日本人を凌いでいます。幼稚園児の頃から、自分の意見をはっきり述べる訓練が行なわれます。第二部のワーリャさんの文章でも、皆さんは、多分、そのような印象を持たれたことと思います。

ソ連時代の教育の目標は、社会主義建設に重点を置き、個人よりも国家のための指導が行なわれました。

基本的に教育費は無料で、代わりに、学生は卒業後、数年間は国が決めた、組織や機関で働く義務が課せられました。学生は良い成績を取り、将来、国のために役立つ人間になることが期待され、学生も出来る限り、ステータスの高い、条件の良い職場で働くことを希望します。

卒業後の学生の職場の選定には、指導にあたる教師の意見や影響力が強く、教師と学生の関係は、自ずと、縦軸の関係となっていました。

幼い頃から、自分の意見をしっかり、はっきりと述べる訓練に加え、ロシア人は表現力とユーモアーのセンスに富み、論理的な思考や話し方、イエス・ノーを明確にすることを好みます。

挨拶も、ほとんどの人が例外なく、時には日本人が見たら、オーバー過ぎるほどのジェスチュアを交えて、堂々と行います。懇親会やパーティーでの挨拶なども、日本人は、時々辞退するような場面や素振りを見せますが、ロシア人の場合は積極的に役割を買って出ます。

ロシア語自体、単語が長く、理論的な討論や議論に向いた言語と言われ、淡白であっさり型の日本人にとって、ロシア人との交渉ごとは、かなりのタフさを要求されることになります。

教育の新しいカリキュラムが作られ、新ロシア人といわれる裕福な階層は、子供たちを私立の学校に進学させ、国家のため、社会主義建設のための、画一的な教育指導から変化が生まれています。新しい制度やカリキュラムは、個性的な発想と、広い視野や思考力がある学生、あるいは、ロシア型、新人類を生むことにも繋がるでしょう。

一方、市場経済導入と共に、国による福祉のレベルが下がり、教育や授業の有料化や値上げが行なわれると、貧富の格差拡大が進み、原則、教育を受けることの機会均等から、格差が生じます。新しい社会の法整備もまだ不十分と言われ、急激な、かつ、片寄った富の分配は、過度の個人主義、社会や他人に対する無関心派を生む恐れがあります。

先の訪問時、モスコー川畔にある大きな公園では、十代も中頃と思われる若者の集団が、ビールのラッパ飲みをし、騒いでいました。付近には、割れたビンも散乱していましたが、近くを通行する人は、だれも注意しませんでした。最近、日本でも、電車内に飲み残しの缶が放置された場面が、多く見られるようになり残念ですが、少なくとも、社会主義時代のモスコーでは、このような光景は、皆無でした。社会生活では、ある程度の規制やモラルの維持、向上の必要性を感じます。

ソ連崩壊後のロシアでは、国や社会の規制が弱まり、自由に意見を述べ、自由な行動ができるようになったことは好ましいと思われる半面、現在の日本の家庭や社会が悩む、多発する少年犯罪、引きこもりなど、様々な問題に直面する時代が、近い将来訪れるでしょう。新しい社会制度に乗り遅れた、高齢の年金生活者やストリート　チルドレンの問題は、既に顕在化しています。

国連関係機関による、ヨーロッパの子供の教育に関する、ある調査では、「イタリアの子供がヨーロッパで一番幸せ」と発表されたそうです。その理由は、「子供は家庭でいっぱい愛情を注がれ、関心を持たれ、屋外で遊ぶ時間もより長く、安定したスローライフの環境で育っている」からとのことです。一時は世界最高の経済成長を誇った日本、急成長で始動し始めたロシアが、教育に関して範とするべき国は、どうもイタリアのようです。

日本では、学力低下の理由が、このゆとり教育だとして、批判されていますが。

イタリアでの例を聞きますと、教育の重要な場所は、やはり家庭、学校、社会ということになります。イタリア人はスローライフの日々を送り、自分の人生をエンジョイしながらも、子供たちにはしっかりと、充分な教育環境を与えていると推測されます。

加えて、子供の躾には厳しくても、家庭内では、明るい会話や楽観論的なものの見方、感じ方も大切なのでしょう。幼い小学生が巻き込まれる事件や凶暴な犯罪が多発する一方、自殺者が増え続ける日本において、家庭内で常に明るい話題を維持することは、難しくなりましたが。

一方は、地中海に臨むイタリアと、欧州大陸からアジアにかけての北部に位置するロシアと、気候や地理的な条件では、かなり異なりますが、私の少ない経験測から判断すると、イタリア人とロシア人の共通点は、自分流の生き方を知り、己の生活を大切にし、自分の主張をはっきりと述べること。大きな声で歌い、チーズを好み、食欲も、飲酒も旺盛なこと、女性がよく働き、特に、若い女性が美しいことなど。

その半面、楽観的であるが、いい加減でルーズ、もう一つ、あえて加えると、中高年になると女性が急に太り出すこと、などと言ったら、両国の方は怒りますか？

再び、硬い話に戻ります。ロシアの最高学府と言われる、モスコー大学でも、学生に人気の学部にも変化がおきています。

大学の先生から直接聞いた話ですが、社会主義時代には、国家の権力が強く、法律のもつ本来の意義が希薄で、大学の法律学部は学生には人気がなかった由。そのため、政治家や高級官僚の、どちらかと言えば、あまりできの良くない子息が入学していたようです。最近は、社会の変化により、法律に絡む、多種の事件や紛争事が生まれ、法律専門家への相談の機会も増え、法学部が脚光を浴びて、情報関連の学科とともに、人気を二分しているとのことです。

日本では、教育と社会との結びつきや連携の必要性を説く、「教育の世の中化」という新しい言葉が、聞かれるようになりましたが、大学での人気学部や学科は、いずれの国においても、時代の流れと共に変わるものです。

今後の日本の教育において必要で大切なことは、先ず、第一に古くから言われる、「読み、書き、ソロバン」の言葉がある通り、しっかりと基礎的な知識を学び、蓄えさせること。

その次は、広い心や情操を養い、健康な体力作り、創造することの喜びを知るために、音楽や体育、芸術、技術などに触れる機会を多く作ること。

第三には、ますます深まる国際化時代に備え、自分の頭で考え、自分の言葉ではっきり、冷静に表現できる若者を育てること。さらに、英語を中心に、出来れば外国語も二ヶ国語程度は自由にこなせる人材を育てること。

これは、ロシアや韓国に住み、授業などで接する日本人学生や、色々な国からの留学生などとの体験を通じての実感です。

特に、現在の日本の学生が、最も必要とする事は、社会の動きへの関心、国際感覚、自分の考えを述べる表現力、ＰＲ力だと痛切に感じています。そのために私が担当するゼミでは、学生にこの三つを学び、備えることの必要性を強調しています。

政治や経済とともに、いずれの国においても、また何時の時代でも、教育は重要、かつ大切な課題です。

それにしても、若い人たちが、野球やゴルフ、卓球、スケートなどのスポーツや音楽など、世界の舞台で活躍する姿を見るのは、大きな楽しみで、痛快なことです。

《明日の日ロの関係》

昭和女子大学はロシアの文豪で、多くの日本人がその影響を受けた、トルストイの思想や地上から戦争をなくしたいとの願いに共感し、「愛」、「調和」、「理解」の理念のもとに、創立されたと聞いています。日本とロシアは、人物、文化、歴史、自然、慣習、風土、観光遺産をはじめとして様々な資源に恵まれた国です。

しかし、大黒屋光太夫の時代から、残念ながら、日ロの両国の交流は、戦争や紛争など、明るいことよりも暗い出来事が多いのが事実で、未だに、互いの不信や理解不足が続いています。

一世紀前の日露戦争は米国の仲介によりポーツマス条約が結ばれ、かろうじて日本側の勝利で終戦を迎えました。両国の損害は死者の数を見ても、日本側八万五千人、ロシアは二万八千人で、日本の要した戦費は六年分の国家予算に相当したといいます。

これだけの犠牲を払いながら、見合う賠償を取れないとの理由で、戦争続行を叫び、日比谷公園でデモが暴徒化、戒厳令がしかれました。

ロシアの南下政策への恐れからくる、自衛のための戦争だったとの見方がある一方、ロシアも敗戦により、帝政の崩壊と社会主義革命を生む要因の一つになりました。それが、ロシア史上、空白の数十年に繋がったとも言われます。

人的、物質面で双方に大きな犠牲、損害をもたらした上に、両国の間の、長く続く不信感を生み出しました。日露戦争を経験し、厳しい東西の冷戦構造から抜け出した日ロで再び、戦争の愚を繰り返すことはないと思いますが、江戸の時代から今日まで、両国は決して理想とするパートナーではありませんでした。

しかし、日本とロシアの両国は避けて通れぬ、気になる隣国同志です。

日本から、ロシアへの旅行需要も増えつつあり、二〇〇五年の夏には、成田や関空からサンクトペテルブルグへのチャーター便の運航が行われました。

ロシアは中国やインドとともに、著しい経済発展を始め、特に、情報通信の分野での成長は顕著です。ロシアの二〇〇四年の携帯電話の加入者数は七千二百万人で、加入者数も前年の倍、普及率も約五〇%で、携帯電話は北方地域にも及んでいます。

先にロシアで、日ロのＩＴビジネス戦略会が開かれましたが、この分野での大きな成長が期待されるため、ビジネスチャンスを求め、日本の大手企業の現地法人の進出も決まりました。

ロシア人のメンタリティーは大きなもの、強いもの、偉大なものにあこがれる反面、小さなもの、繊細なものに、関心や興味を示します。

一般に、ロシア人は、日本独特の繊細で、華麗な芸術・文化や伝統などに関心を持っています。例えば、「生け花」、「歌舞伎」などの日本語をほとんどのロシア人が知り、あこがれにも似た感情を抱いています。

日本語の特徴や美しさは、俳句などに見られるように、短い単語の中の、明快さ、含まれる意味、情緒などにあると思いますが、ロシア語は、単語の長さに加え、格と語尾変化、韻を踏むところにあると言えるでしょう。特に、女性名詞の語尾はAとか、YAのロシア文字で終わることが多く、動詞や形容詞も、女性形の語尾がその後に続きます。

ロシア語の詩は韻を多用し、聴く耳にも快く響きます。

相撲の世界では、最近、外国人力士の強さが目立ちますが、ロシア出身の力士も力をつけてきています。また、蕎麦好が高じて、日本で修行、蕎麦の打ち方の本を出したロシア人がいると聞きました。近い将来、ソバの複雑で奥深い味がロシアに馴染み、広まる日も来るかもしれません。肉料理の好きなロシアでは、ソバの味は淡白すぎる、という意見を述べる人がいるかも知れませんが。

キムチが日本の一般家庭の食卓に上るようになり、その味を求めて韓国への訪問者が増え、市民レベルの両国の距離を近づけました。「食文化が、国境の壁を破る」などと大げさなことは言いませんが、料理や食材の持つ味が、異なる国民の舌を近づけ、国境の壁の高さを、チョッピリと下げる役割を果たしていることは間違いないでしょう。

多くの国で、寿司をはじめ、日本料理が広く食され、美味しいと評価されるのは、日本人として嬉しく、誇りに思います。何と言っても、食事は楽しく、生きていく上で大切なことですから。

日本でも人気を呼んだ、ロシアのヒット曲「百万本のバラ」も、以前、モスコー放送や公園内のスピーカーから聴こえてきました。歌の内容は、女優に恋をした画家が、家や絵を全て売り、多数のバラをプレゼントしたが、結果は振られてしまう悲恋の物語で、メロディーもどことなく悲しさ、センチメンタルな気分を誘います。

当時、この曲を巨大な国家に対して、正面から物言えぬ、国民の抵抗の気持ちを代弁しているかのように感じましたが、ソ連崩壊後の現在も、ロシア人の多くが、やはり、同じような心情を抱きながら、日々の生活を送っているように思われます。

ゆったりとしたバラード調のメロディーは、ロシア人の心を捉え、やがて日本でもヒットしました。美しい音楽、メロディーは、どの時代も国境を越えて、人々の心に響きます。

バラといえば、ロシア人は花を贈るのが好きで、大切なガールフレンドの誕生日とか、友人宅に招かれた時には、ほとんどの人が花を、それも、赤い花をプレゼントします。ここで友人を訪問する時などのロシアのマナーに少し触れてみましょう。

ロシアでは、記念すべき日には友人、知人を自宅に招き、しゃべり、食えや、飲めや、時には、踊れやの長時間に及ぶホームパーテイを開きます。そして、祝辞とともに、何度も乾杯の杯を挙げます。胃袋が小さい日本人は、長時間に及ぶこのような会では、早々にダウンという結果になります。

その時、持って行くのは、バラやカーネイシヨンですが、注意しなければならないことは、黄色い花を避け、さらに、数は必ず奇数でなくてはならないのです。

宗教的な理由が主で、葬式などでは遇数の花を奉げるため、おめでたい席では奇数にしなければならないのです。また、黄色は別れのシンボルカラーと理解され、特に恋人同士でプレゼントすることを避けねばなりません。結婚のお祝いとして、フォークやナイフも避ける必要があります。理由は皆さんもよくお判りの通りです。

もう一つ、ロシア人へのプレゼントとして、気をつけねばならない品物に、手袋があります。

ロシアは寒いから、贈り物としては、普通、手袋が良いと考えます。ロシア人はそれを嫌うそうです。なぜなら、一昔前まで、ロシアでは白黒をピストルの決闘により決めることが多かったのです。皆さん、ご存知の作家、プーシキンも奥さんをめぐる愛憎劇の結末を、決闘でつけたというのは有名な話です。手袋は決闘の際に使われるため、大きな緊張の場面や厳しい結末を連想させ、手袋を送られることを忌み嫌うのだそうです。

土産やプレゼントの交換は大変楽しいものです。しかし、外国人との交際で注意すべきことは、相手の国の文化や慣習を知り、立場を理解し、互いに尊敬の念をもつことが大切なのです。

不良外国人は困りますが、様々な国の人々との交流を避けて通れぬ現在、相手の国の、色々な仕来り、習慣を知ることは、骨が折れることもありますが、その経緯などを調べるのも、面白いかも知れません。

いずれにしても、良きパートナーには、時に、好まれるプレゼントを贈る必要はありますね。これは、反省と自戒の念を含めた言葉でもありますが。

今年七月、サンクトペテルブルグとモスコーで、三回目の「日ロＩＴ・ビジネス戦略会議」が開かれ、民間主導型の交流拡大の機運が高まりつつあります。

ＪＡＬも長い間、日ロの関係を反映するかのように、欧州行きのジャンボ機が週一便モスコーにトランジットという寂しい運航でしたが、夏のダイヤより、週二便、それもモスコーでの折り返し運航に切り替えました。これは、現在、日ロの人の交流や物の移動が増えていること、また将来、その拡大が期待できるということの証明でしょう。

現在の日ロの関係を「どのように思うか」、聞いてみたい方が二人います。

その一人は、日本の民族学の父と言われる、柳田国男先生です。

私が住む我孫子市は、利根川と手賀沼に挟まれた街ですが、布佐という地区があります。利根川を望むその高台に、竹内神社があります。

その境内には、今から丁度一世紀前の、明治三八年（一九〇五年）に、日露戦争の勝利を記念して建てられた、国内で最も古く、英文で書かれた石の碑があり、柳田国男先生をはじめ、七名の方が寄贈したものです。

神主さんによると、この石碑は、第二次世界大戦中、敵国語の英語で書かれているために、境内の斜面で木々や雑草の陰に、埋もれるようにひっそりと置かれていましたが、終戦となり不憫だとして、現在の場所に移設したとのことです。

神主さん自身も、戦時中、一五〇年前の日ロの通商交渉が始まり、両国間の領土問題で議題にも載ったといわれる、ウルップ島に駐屯し、航空輸送に従事していたとのことです。

時代の流れ、変遷を感じさせる話です。

この碑は、ずっとこの場所に立ち続け、日ロの今後を見続けることでしょう。

もう一人の方は、岡田嘉子さんです。

女優だった岡田さんは、第二次大戦のさなか、雪深い樺太（サハリン）の国境を越えて、ソ連に亡命、数奇な運命を送られたのはご存知の通りです。

ご本人と、直接、お会いしたことはありませんが、岡田さんが日本に一時帰国する前に、電話では数回、お話をしたことがあります。

当時、ソ連邦ロシアに「ともしび」を見て、国境を越えたのでしょうか。亡命先にソ連を選んだ理由、そして、今の日ロ関係などについてお聞きしたいものです。それは不可能ですが。

帝政時代、ロシアの宮廷内の会話は、フランス語が使われていたとのことですが、鉄のカーテンを降ろした、最近のロシアでは、外国との交流が増え、帝政時代ほどではなくても、外来語が多用されるようになりました。ＩＴ化時代を迎えて、コンピューター用語は、殆どが米英語と共通です。

ロシア離れをしようとする、ウクライナやモルドバ、グルジア、アルメニアなどの旧ソ連内の国々に対して、天然ガスの輸出価格の優遇を止め、対抗策をとるロシアに対して、強い反発があります。日ロの関係も、最近の流行り言葉を使って言い表せば、終戦から現在までの長い間の、残念ながら「政冷・経冷・民冷」の状況です。

しかし、日ロの関係は、西本智実さんという、日本人の女性指揮者がロシアの交響楽団で力強く活躍し、外国からの翻訳本では、日本人の作家が人気を呼び、日本のアイススケーターにロシア人のコーチが当たるなど、芸術、文学、文化、スポーツなどで、両国の新しい結びつきが始まっています。

日韓の間では、政府レベルで意見の相違があっても、民間レベルの往来は確実に広がり始めています。今後、一時的な停滞があっても、後戻りすることはないでしょう。

ワーリャさんは何度か訪日していますが、最後の訪問時は昭和女子大の人見理事長と一緒に我が家を訪れました。（ワーリャさん、その後ろ人見理事長、友人の皆さん）

民間の交流と相互理解はそれほど大切な時代になりました。

冷戦時代でも、日ロの航空交渉が纏まり、シベリア線が開設され、モスコーの川辺に立つウクライナホテルの八四三号室に、航空会社の支店が開かれました。

そこは、小さなスペースに過ぎませんが、戦後の、日ロ民間交流の原点であり、始発駅だと言えるでしょう。

私は、近未来の日ロの関係は、トルストイの思想、「愛・調和・理解」を考え直し、人々の交流や行き来を重ね、地道で、着実な隣人、隣国関係を築いて行くことが重要だと考えます。

ワーリャさんと私は、この狭い事務所で、仕事上の仲間として知り合い、時には些細なことで喧嘩もしましたが、今後の両国の友好、交流の広がりのために細い糸であり、小さな「ともしび」になれたら嬉しく思います。

（昭和女子大学の人見楷子理事長は、ヨーロッパ、米国、日本と、教育関係の仕事で忙しく往来されていますが、共著のワーリャさんとは、長い交友を続け、時々、ヨーロッパの街でも会っているようです）

第二章　日本とアジアの近隣諸国との関係

二〇〇四年の夏は韓国へ、二〇〇五年はシンガポールへ、留学生を含み、十数名の学生と訪問しました。

日本と中国や韓国など、隣国との関係は、政治、経済からはじまり、観光や交流による相互の訪問が広がり、留学生も増加、一昔前の冷戦時代には全く想像もできないほどに変化、発展してきています。将来はEUにも似た、東北アジア経済圏構想や共通通貨の話題も、チラホラ、耳にするようになりました。

しかし、ひとつ問題が生ずると、せっかく築かれつつある、密接な関係も直ぐに、十年ほど後戻りしたかのような印象を与えます。これが国際関係で、それほど複雑で、微妙なものなのでしょう。

担当するゼミや講義の中にも、アジア各国からの留学生がいます。

中には「思っていたよりも日本人、特に、若い人は冷たい」、と述べる学生がいる半面、「来日するまでは日本がこんなにも民主的で、進んだ国だとは思わなかった。出来ればズット、日本に住み続けたい」、と述べる学生もいます。

最初のコメントは、サービスの質の高さや優しさで、世界的に知れるこの国に来て、期待が裏切られたということで、それを聞くこちらも残念な気持ちになります。

一方、後のコメントには、日本人として嬉しく感じ、大いに歓迎すべき言葉です。また、後者のコメントの方が、圧倒的にとはいえませんが、多いと感じています。

以前、来日した留学生の多くは、反日になって帰国していく、と聞いたことがあります。最近は、日本の物価の高さを指摘しても、肯定的な意見や、好ましい感想が聞けることは、訪問する人と、訪問された国の双方にとって大きなメリットです。

これこそ、国境を越えて人々が触れ合う交流、留学、観光（旅）などの持つ効用と言えるでしょう。


二〇〇七年を境に、日本は人口の減少化に向かう二〇〇七年問題の議論が高まりました。少子化により人口減となり、それが購買力、年金を支払う若年層の減少、その結果として、国力・経済力、国際社会での、日本の地位の低下に繋がり、諸々の影響が危惧されるというのです。

私、個人は、この現象を余り心配しない方が良いと思います。

日本の経済力の低下により、海外への援助が減り、国際比較で、現在よりも小国になったとしても、端的に言って、国連の常任理事国に、無理してならなくても良いと考えます。

経済的なレベルが下がると、生活水準も下がり、今でも多い犯罪の増加が危惧されますが、可能なかぎりムダを省き、より文化の薫り高い、人々が自分の生活を愉しみ、人や自然と触れ合う機会を増やし、暗い事件が減るような社会を作ることが重要だと考えます。

経済発展のために強く踏みすぎた、アクセルを少し緩めることです。最近耳にするようになったスローライフ社会の実現です。

地球上には、日本の援助を求める国が多いのは事実ですが、大国になるよりも実力相当の、国民が生きがいを感じる社会作り、外国人が何度でも訪問したくなるような、できれば、外国から羨ましがられるような、文化の成熟度の高い国作りに努力をすべきだと思います。

それと、若者の夢と希望のもてる仕事の確保です。若者が安心して学び、働き、子育てができるような社会環境を作ることが大切です。世界一の、莫大な借金を抱える国よりは、過大な背伸びをせず、身の丈に合った、それなりの大きさの国で良いと考えます。

多発する犯罪と、年間三万人を越える自殺者を減らし、「日本人として生まれて良かった」と考え、思う人が増える国、そんな社会を目指すべきでしょう。

交通機関の未発達の時代、危険を侵しながらも、日本から中国へ遣隋使や遣唐使が海を渡りました。朝鮮半島からも学びました。七一七年には、第九次遣唐使の一員として派遣されたと言われる、「井真成」の墓誌が、最近、中国、西安市で発見されたというニュースが流れました。

日本の先人が異文化に触れ、学んできたように、現代においても良いところ、見習うべきこと、吸収すべき事柄は他国に謙虚に、積極的に学び、また、日本が海外に発信することができれば、それを学んで貰う。この姿勢と環境作りを続ける努力が大切です。

前述の、二〇〇四年夏の学生と出かけた、韓国慶州の歴史博物館内で、次のような光景に出会いました。ワイワイと騒がしいので振り向くと、私たちの学生は、二つの韓国の高校生グループに囲まれていました。

二つの輪のうち、一つは日本語で、もう一つは中国語で会話が始まっていました。

歓声に似たその声が大き過ぎて、館内の係官から、注意を受けたほどですが、中にはメール・アドレスを尋ねられた学生もいました。

この高校生達は外国語として、日本語と中国語を学んでいたのです。日本国内では、あまり取り囲まれる機会の少ない学生達も興奮気味で、少々自慢気でした。

館内には修学旅行中の、多数の韓国の高校生がいましたが、私たちのグループが砂利を踏みながら退館する時には、色々の方向から「さよなら」の日本語が耳に入ってきました。

この研修旅行は約一週間でしたが、中国から二名、台湾から一名の留学生も参加しました。旅行中、この三名にホテルでの同室宿泊を提案してみましたが、三名の答えは、「私達は政治の世界を越えています」でした。

学生時代に開かれた東京オリンピックのボート競技で、ロシア語の通訳を務めたことがあります。都内、代々木の選手村から、埼玉県戸田市の会場までの送迎バスの手配も、仕事の一つでした。その時、韓国チームの監督から言われたことは、「ソ連チームの選手と同じバスに乗合わすことが、絶対無いようにして欲しい」ということでした。理由は朝鮮戦争でソ連軍により選手の多くの家族が悲劇を経験しているからというのです。

韓国については、ソ連空軍によるサハリン上空での大韓航空機撃墜事件がありました。もし、韓国とソ連の間に航空協定が結ばれていれば、この悲劇はなかったと思いますが、八八年のソウルオリンピック後、私が韓国に駐在した時には、韓ソの両国は国交を回復、一種のソ連ブームというような現象が起きていました。さらに、現在のモスコー市内の企業の広告塔の数で、韓国は明らかに日系企業を凌いでいます。

東京オリンピックでの、韓国ボートチームの監督の言葉を思い出すと、その変化には驚くばかりですが、国際関係、国家間の結びつきは、微妙で、流動的なものです。

韓国へ駐在する際、何人かの知人から、韓国で日本人が働くことは、大変苦労するとの忠告に似た言葉を、餞別代わりに貰い着任しました。

期間は短いものでしたが、仕事上も、プライベートにおいても、お陰様で、幾つかの事柄を除いて、忠告にあるような苦労は、全く経験せずに過ごすことができました。

苦労の一つは、会社の韓国人の仲間から、昼・夕食を一緒にするよう、よく誘われたのですが、唐辛子の効いた、辛い料理が苦手で、特に熱い夏の日のプサン風ドジョウ汁はこの世のものとは思われない辛さ。最初は、礼儀と思い食べていましたが、この辛さが汗と共に、頭のてっぺんまで昇ります。

二つ目は冬の時期。住まいは漢江を真下に見下ろし、その先に、発展する漢南地区の夜景が綺麗に映る高台のアパートでしたが、道路に雪が積もり氷が張ると、スリップするために、タクシーが登るのを嫌がり、割り増し料金を払わねばならないこと。それでも、行ってくれれば、大助かりの日もありますが。

三つ目は、原爆・水爆飲み。韓国に駐在したり旅行した方は、多分、御存知なので、ここでは説明を省略します。

今、考えるとこのように、全くたわいのない事柄ですが、聞くと見るとでは大違いということは、このことかも知れません。お年寄りとの会話でも、私が日本人だと知っても、一度も不愉快な経験をすることはありませんでした。下手な韓国語で話しかけても「韓国語が上手ですね」と、軽いお世辞を言われることがよくありました。

若者から、地下鉄やバスの車で、席を譲られることも多く、こちらが断ると、代わりに荷物を持つとの、申し出を何度か受けました。このような光景は、今の日本で見ることは少なくなりましたが、敬老の心や習慣は、学校でなのか、家庭内の躾で身に着けるものなのか、考えさせられる事柄です。

ロシアの項でも書きましたように、一つの国民、民族を一言で簡単に言い表すことは困難ですが、ある人が言った、「韓国人の心はオリエンタル・マインドと情の世界だ」と言う言葉には、私も或る程度同感です。

今や、キムチの辛さや、窓から眺めた夜景も懐かしくなりました。

話が変わりますが、中国と韓国の間でも、人の往来は毎年一三〇％以上の伸びをし、経済分野のパイプも太くなっています。最近の両国の関係は、朝鮮戦争時代には、想像もできなかったものです。学生が経験した、慶州の博物館内の出来事は、一つの、小さな現象に過ぎないかも知れません。しかし、この光景の中に、アジアは間違いなく、急速なテンポで変化と転換の時を迎え、かつ、静かでも大きく動き始めている足音を感じます。

二〇〇四年から五年にかけて、我が家も色々な出入りがありました。

長男には南の国から嫁が来ました。次男は青年海外協力隊の一員として、バングラデシユヘサッカーの指導に、さらに長女はニュージーランド留学へと出掛けました。

時には、親としてよく許したね、と尋ねられますが、いずれも本人達が決めたことで、止を得ません。

南の国から来た嫁は、何と言っても、苦しいときも明るい表情、身体はリズミカル、「ドン・マインド」と「ありがとう」の言葉をよく繰り返します。

次男は、四〇度を越える高温と、時として襲う集中豪雨の土地で、将来、国やアジアの代表にもなるサッカー選手を育てたいなどと言ってきます。

家族が各地にバラバラに住み、正直、他人には愚痴ることのできない悩みもありますが、以前は想像だにしなかったことで、これも国際化時代の一つの現象なのだ、と自分に言い聞かせています。


ロシア語を学び始めた学生時代、イタリア人の教授に、「将来、スパイ活動には絶対関わらないように」、と言われました。長い間、私は、この言葉を「政治の世界に関わるな」という意味に解釈して、政治には関心があっても、あまり発言しませんでした。

しかし、毎夏、終戦の日が近づくと、戦争について、様々な議論が起こります。

その中で、私にとって関心事の一つは、米・英・中華民国から七月二六日に発せられたポツダム宣言です。戦争は勝者、敗者ともに多くの犠牲と悲劇を生むものです。

大切なことは上に立つ指導者の判断力や決断力で、それは、非常に重いものです。

父親は、戦況が不利になる頃に、召集令状がきて、満州へ、それから、直ぐに南洋諸島のパラオへ移り、敗戦約二週間前に、米軍の兵量攻めに合い、餓死したと聞いています。

歴史に「タラ・レバ」という言葉はないと言われますが、私には一つの疑問があります。

それは、ポツダム宣言の受諾を、もう少し早く決断していれば、親父は生きていただろうにとは言いませんが、もっと大きな問題で、多くの犠牲者を生んだ、広島・長崎への原爆投下はあったのだろうか。

さらに、日ロの間で、現在でも未解決で膠着した、北方領土問題が、果たして存在したのかという疑問です。私は、否と思えてなりません。

少なくとも、広島、長崎への原爆投下はなかったはずです。

それほど、国の上に立つ指導者の深い思慮、広い視野、確かに時代を見つめた決断力が重要なのです。

今夏の、シンガポール旅行では、国際化を主な研修テーマにして、経済、社会基盤、教育、福祉、観光、空港など、様々な分野で発展する姿を見る一方、戦争記念碑なども訪問しました。

参加した学生は、多民族国家といわれ、国土は小さくても、アジアで独特の地位を占める、シンガポールという国を学び、人々に触れることにより、日本という国を見つめ直し、視野を広げて帰国しました。

私が勤める学校には、各地、特にアジアの国々から、勉学やスポーツ留学のために来日した学生が多数います。多くの留学生は、自分の将来を築くため日本に来ています。

親の厳しい経済事情の中でも、自分と家族の夢を背負って出てきています。

経済的な理由で、福岡の事件のように、凶悪な犯罪に走る学生もいますが、ほとんどの留学生は真剣で、真面目です。

学校には六千人弱の在校生がいますが、部活は学生数の割にはラグビー、サッカー、野球、柔道、アメリカン・フットボール、吹奏楽などと盛んで、吹奏楽は二〇〇四年、関東大学のコンクールで優勝し、全国大会でも銀賞を獲得。サッカー部員は毎年、Ｊリーガーに決まり、アテネ・オリンピックでは、トライアスロンに日本代表として出場し、上位を占める活躍をしました。

スポーツについて、二〇〇六年には、サッカー・ワールド杯がドイツで開催され、今回も、にぎやかな熱戦が繰り広げられることでしょう。

世界各地で、大小の紛争やテロが止むことなく続いていますが、スポーツを通じての熱い戦いは歓迎します。スポーツの勝ち負けで戦争になったり、暴力行為が行なわれ、以前、ドイツで開かれたオリンピックのように、悲劇が起きてはいけませんが。

ソ連時代にはサッカー強豪国の一つであった、ロシアのチームが、今大会に出場しないのは、残念です。

幼い頃、カラーテレビが電気屋さんの店頭に展示され、力道山のプロレス放送を見るために、自転車で行き、その荷台から眼を大きく開き、中継に見入りました。冷蔵庫もない時代で、学校へ弁当を持たないでくる友達もいました。

その後、経済発展により、各種家電製品がどの家庭でも、ところ狭しと並ぶようになりました。

しかし、バブルがはじけ、年間の自殺者も、三万人を越えるようになりました。

それは、急ぎ過ぎた結果なのでしょう。

長く続く経済の停滞に加え、外交面では、日本という国の存在感の低下現象が顕著です。

政冷経熱などと言っている間に、政冷経冷が忍び寄ることを危惧します。

世界の主要旅客機メーカーは、米国のボーイング社とヨーロッパのエアーバス社ですが、現在、互角の激しい受注合戦を繰り広げています。高度の先端技術力で、主翼や機内化粧室、タイヤなど、四〇%近く、日本企業の製品が使用されていると言われます。一方、中国は経済力の向上、商用や観光による利用者増により、航空機需要もかなりの速度で高まっています。

今まで旅客機の注文先は、ボーイング社に偏っていましたが、最近、エアーバス社製の中型旅客機一五〇機の大量注文を行い、更に、中国での組立工場建設計画まで話が進んでいます。

又、中国の鉄道総延長距離は、アメリカに次いで、世界第二位と言われていますが、世界の工場化により、旅客輸送の他、貨物の輸送力向上の必要に迫られています。

そのため、鉄道も新しいシステムによる高速鉄道の建設、在来線のスピードアップを急いでいます。高速鉄道はアジアを主舞台に、日、仏、ドイツが航空機と同様、受注合戦を繰り広げていますが、大量の航空機受注に気を良くしたフランス政府は、フランス版新幹線、ＴＧＶの受注を有利にするために、多額の融資を表明しました。

このような動きは、氷山の一角かも知れませんが、技術力やきめ細かいサービスで売ってきた日本も、世界的な競争激化の中で、安閑としていられる時代ではなくなりました。政冷経熱も何時まで持ち続けられるのか、真剣に見極める必要があるようです。

皆さんと同じように、私は旅行、特に鉄道の旅が好きで、サラリーマン時代から、在来線の鉄道を愉しんできました。一方で、航空会社に勤めていたため、それほど多くはありませんが、海外へ出掛ける機会もありました。その時、いつも感じることは、日本は景観、気候からはじまって、いろんな点で恵まれた国だということです。

自然の美しさ、四季の季節の移り変わり、春になると、桜前線が南から北に上り、秋になると、逆に、紅葉前線が南に下ります。

今後の日本は、小さな国でも、若者が夢と希望を抱き、山々や公園には緑と花が満ち、町には笑顔と、日本の美しい言葉、「ありがとう」が溢れ、人々は芸術、スポーツや音楽を愉しみ、文化の薫り高く、経済的に、もう少し豊かになり、心にゆとりと優しさを持てる国になっていて欲しいものです。観光で訪ずれる外国人も、もっと増えて欲しい。

先日の新聞紙上で、岐阜県高山市の市長は次の言葉を述べています。「市民が暮らしやすい街であるなら、訪れる観光客にとっても気安く、過ごしやすいまちになる」と。古い町並みの高山は年間三百万人の訪問客が訪れ、昨年訪れた外国人は六万人を越え、この十年間で十倍以上に増えているとのことです。

訪問客を受け入れる、サービスの心、サービスの質が大切。良い印象を持って帰国した訪問者は、日本に更に親近感を持ち、大きな宣伝マンになってくれるでしょう。それが、観光の持つ力でもあります。

二〇世紀は文明や科学が進む一方で戦争の世紀でもありました。

二〇世紀の世界、特に日本は、少し急ぎ過ぎたのです。それが、他の国、特に近隣諸国に迷惑を掛け、自身も大変苦しむ結果になりました。

どなたかが言った言葉ですが、食べ物をじっくり、噛み締めて味わうように、国や人の一生も、コツコツと、ゆっくりとした努力を積み重ね、築いていくことが大切なのでしょう。

日本を取り巻く環境も外交上の諸問題が絡み、平和を築き、善隣・友好を維持することは、簡単ではありませんが、何時の時代も辛抱強い努力が必要です。

この世では、夢と現実が大きく異なります。

翌日、サッカーの指導にバングラデシュへ向かう息子と、近くの蕎麦屋さんで家族内のささやかな壮行会を行いました。サッカーやゴルフ、テニスなどのスポーツを通して、アジアが、世界が近づけば。しかし、場外乱闘は困ります。
（来店されていたゴルフの林　由郎プロと）

実現不可能な願望ですが、再び、この世に生まれることができれば、鶴や白鳥になりたいと思います。その翼で日本、中国、韓半島、ロシア・シベリア、できればパラオなど、東アジアの空を自由に飛んで見たいと思います。その昔、お世話になった方、知人や留学生を訪ねて見たいものです。眼下に御巣高の尾根が見えたら、舞い降りて、焼香と合掌をさせて頂きたいと思います。

鶴の寿命は千年と言われますが、百年後の、この地上の姿を見てみたいものです。

現在の世の中と、どのように変わり、進歩していることでしょうか。アジア共同体構想はどのようになっているでしょうか。鳥インフルエンザで迷惑を掛けないように、充分注意を致します。

多分、花、木々の緑、愛や笑顔、そして、地上で唯一、言葉を持つ生き物である、人々の唇に、「ありがとう」、「サンキュウ」、「シェーシェ」、「カムサハンムニダ」、「スパシーバ」、「ジンクエ」などの言葉が、たくさん発せられ、溢れていることでしょう。

韓国に続き、2005年夏は学生とシンガポールへ観光研修。国際化時代を迎えて、若者が国際的な広い視野と関心を持ち、近隣諸国との善隣友好の理解・関係が進んでくれれば。(航空会社のシンガポール支店での研修時)

サッチモこと、ルイ・アームストロングが、ゆっくりとジャズ・バラードで歌う、「この素晴らしい世界」が実現していて欲しいものです。

現実の地上は戦争、紛争や地震、大津波など、人災、自然災害などで、長い間、苦しんできました。

中学時代にテニスのパートナーを組んだ、鈴木君のお父さんは、北のシベリアの白樺林の大地に眠っています。私の父親は、お袋のお腹の中で半年の弟を残し戦地に向かい、パラオで亡くなり、木箱に入れられて二度帰ってきたそうです。一度は、幼い私が、悪戯心から空けたら、カラッポで、そこには何も入っていなかったそうです。再び送られて来た、白い布に包まれた箱には、小さな爪先と、髪の毛、そして、印鑑が入っていたそうです。

この二人の霊は、多分、世界中の、アジアの人々が、そして、日本が、多くの国々が、もっと理解し合い、仲良く、平和に、健やかに暮らすことを願いながら、それぞれに眠っていることでしょう。

鈴木君と一緒に学んだ中学校には、もう一人、心

海外旅行と写真が趣味で読書家の知人、鈴木武朗さんは毎年、春になると東京都庭園美術館で「写真展と、変わった人生を歩む人のショート・スピーチ、ワインを愉しむ会」を開いています。色々な方のお話を聞けるのも楽しみです。（若く、優しいサックスの鈴木千世先生との演奏風景。鈴木先生の師匠はサックス奏者、平原　まことさん、その娘さんは現在、ブレーク中の平原綾香さんだそうです。後ろが司会中の鈴木武朗さん）

に残る同級生がいます。

名前を吉田　登君と言います。彼は、早く実業の世界に入りました。社会人として、様々な苦労を重ねたことでしょうが、数年前、タイのチェンマイに、両親がＨＩＶで亡くなった子供達を中心とする収容施設を作りました。タイの子供達が健やかに成長するよう日々努めています。

これこそ、ボーダレス時代の地道な国際貢献と言えるでしょう。

この活動に共感する日本人の支援の輪も、毎年、大きく広がっているようです。

私の場合は、周りの人に支えられた甘えの半生ですが、若い学生や留学生と一緒に過ごす時間を与えられた現在、自分の夢に向かって努力することの大切さを説き、留学生には、日本に学びに来て良かった、と感じさせるような講義を持ち続けたいと思っています。

１世紀前、柳田国男等が寄贈、日露戦争の勝利を記念して建てられた日本で一番古いと言われる英文の碑。第２次世界大戦中は、敵国の英文で書かれているとして雑草に埋もれるように、境内の片隅にひっそりと置かれていました。碑は現在の日米や日ロの関係をどのように眺めているのでしょうか。(我孫子市内、竹内神社境内)

美空ひばりの名曲、「川の流れのように」の如く、水が川下に下るように、この世の中はスムーズに動いては行きませんが、世界中の人々に「ピース・夢」を。

ご挨拶

バレンチナ・ボガノワ

私が日本人の皆さんと過ごした歳月についてのささやかなお話を、我慢強くお読みいただきまして、感謝申し上げます。

私はこの話を、日本へ、日本国民の皆様へ、そして、三〇年の間、私を導き、一緒に働いて頂いた人々への心からの尊敬の気持ちから書きました。

ロシア、そして、日本の人々はお互いに大きな関心を抱いています。丁度それは、善良な、お隣りさん同志が、お互いにより深く知り合い、より強く理解し合うため、交友を深め合うのに似ています。

両国の交流を深めるためのこのような環境は、大変好ましい状況になってきています。

日本はロシアにとって、大変近い存在になって来ていると思います。

モスコーの街中で何千もの日本製の自動車を見ることができますし、特に、トヨタや三菱車は人気があり、ニッサン、スズキ、スバル車なども多く見かけます。

テレビや新聞も日本製の時計、カメラ、ビデオ、音響機器などの広告を流しています。

新しい日本レストランや寿司バー、カラオケバーなどが、次から次へと開店しています。

二〇年前には、このような現象は全く考えられませんでした。

私はロシアへの、もっとたくさんの日本の旅行者にお目にかかりたいと思っています。

どうぞ、ロシアにお越しください。どうぞ、心配しないでください。ロシア人は接客好きなのですから。

ロシアには皆様を迎える豊かな遺産が数多くあります。金色に光輝く首都モスコー、博物館や美術館、宮殿などがたくさんあるペテルブルグ、古きロシアの面影を残す町々からなる、ゾロトエ・カリツォ（黄金の環　注1）、バイカル、その他など。

日本を訪問するロシア人は未だ、多くはありません（注2）。その理由は、日本は遠い上に、料金的にも高く、その上、ロシアではお金持ち層の占める割合は今だ、低いのです。

しかし、二一世紀は始まったばかりです、そして、時代は変わります。

私がこの文章を書いている間に、日航は東京とモスコーの間の定期便を週一便から週二便に増便致しました、これは重要な出来事で、そして良い知らせです。

これは、お客様の需要があるという証です。という事は、一九六七年から働いた日本人やロシア人スタッフの努力が無駄ではなかったということなのでしょう。

最後に、日本の友人や仕事の仲間、さらに、私が（紙面の関係から）触れることのできなかった方々に「さよなら」を申し上げたいと思います。

そして、私は深く尊敬し、皆さんを、何時も忘れることはないでしょう。

（訳・富岡　譲二）

注1：ゾロトエ・カリツォ（黄金の環）　ボルガ川に近い地域に在る、一二世紀から一八世紀に建てられた寺院が残る古都の町々。スズダリ、プーシキノ、ウラジーミルなど環状に存在する、お勧めの観光スポット。ロシア人の心の故郷として大切に保存されている。ロシア独特の黄色い丸屋根の教会が多く存在することから黄金の環とも呼ばれる。

2：ＪＡＴＡの統計によると、ロシアから日本訪問者は二〇〇三年、約四万五千人（前年比一一七％）。二〇〇四年　五万七千名（前年比一二七％）。尚、米国よりの訪日者数は同年、七五万九千人（前年比一一六％）。

Послесловие（ご挨拶）

Валентина Боганова
(バレンチナ・ボガノワ)

Благодарю японских читателей, у которых хватило терпения и интереса прочитать мой скромный рассказ до конца о годах проведенных среди японцев.

Он написан от души, из чувства большого уважения к Японии и ее народу, к людям с которыми мне довелось работать в течение 30 лет. Народы России и Японии питают большой интерес друг к другу, как добрые соседи хотят больше общаться, чтобы лучше узнать и понять друг друга. Климат для этого общения сейчас очень благоприятный. Япония стала намного ближе к России: на улицах можно видеть тысячи автомашин японского производства, особенно популярны Тойота и Мицубиси, хотя встречаются и Ниссан и Судзуки и Субару.

ТВ и пресса рекламируют японские часы, фотоаппараты, видео и аудиотехнику. Открываются все новые и новые рестораны, суси бары и караоке бары. Лет 20 назад это было просто немыслимо. Очень хотелось бы видеть больше японских туристов в России.

Приезжайте, не бойтесь, русские люди очень гостеприимны, а богатства России огромны: это и Москва,золотоглавая столица России, и Петербург-европейский уникальный город с музеями и дворцами и древние русские города Золотого Кольца и Байкал и многое другое. Русских туристов также не очень много в Японии, но это объяснимо: далеко и дорого, а процент богатых людей не велик.Но 21 век только начался и времена меняются. Пока я писала свой рассказ произошло важное событие: авиакомпания Джапэн Эрлайнз увеличила количество рейсов в Москву из Токио до двух в неделю и это хороший знак. Значит спрос есть, значит труд тех японских и русских людей, которые работали в московском представительстве ДЖАЛ с 1967 года не пропал даром. И напоследок, хотела быпопросить прощения у тех японских друзей и коллег, которых я не упомянула, но Глубоко уважаю и всегда буду помнить.

おわりに

東西の冷戦下、日ソの航空交渉が纏まると、ＪＡＬのモスコー支店の営業カウンターは、最初、川辺のウクライナ・ホテル、八四三号室に開設されました。

このホテルはスターリン時代、巨大な社会主義国家、ソ連の力を誇示し、対峙するアメリカの、ニューヨークなどの都市高層ビル群に対抗するために、建築されたといわれる建物の一つです。現在では、モスコー川を挟んで、対岸にロシア大統領府が建っています。

当時、航空会社をはじめ、外国の企業は目立たないように、ビルの一階ではなく、上層階にしか事務所を構えられませんでした。このホテルには多くの日本企業の事務所があり、多数の日本人旅行者も宿泊。昼時には、魚を焼く匂いがホテルの廊下に広がり、一時は、日本人長屋などとも言われました。ホテル内の小さなスペースに過ぎませんが、戦後の日本とロシアの民間交流の原点と言えるでしょう。

外国の情報、特に、日本からの情報を探るため、部屋のシャンデリアの陰には盗聴器が仕掛けられているとの、噂も流れていました。

時が流れ、ベルリンの壁の崩壊に続き、巨大で、強力に思えたソビエト連邦も崩壊し分裂、ロシア連邦に変わりました。人間が根源的に欲する、知りたい、見たい、接したい、話し合いたい等のことを遮る国は、やがて滅びるだろうと思いましたが、正直、これ程早く終焉の時を迎えるとは、予測できませんでした。

しかし、残念ながら、地上には紛争が続き、人々が希求する平和と平穏は、なかなか訪れません。日本とロシアの関係も、戦後六〇年ほど経ちましたが、互いに理解し合う、理想的な関係とは言えません。記述中にも米国からは、「リメンバー　パール　ハーバー」、日本国内では、「日ソ不可侵条約を忘れるな」、中国や韓国からは「歴史問題を風化させるな」、などの言葉が耳に入ってきました。その声は、ますます大きく響くようにさえ感じられます。

隣国、韓国とは小さな島の領有問題で、中国とは、教科書、日本の国連常任理事国入りや靖国問題で反日デモが発生、潜水艦事件も重なり、両国関係の雲行きは、急におかしくなりました。

中東情勢も落ち着かない中、ロンドンでの地下鉄の爆破事件が起き、テロが続発、朝鮮半島を巡る六カ国協議も、完全合意を見出せないでいます。

地上の、時代の流れが、どうも、逆方向へ進んでいるように見えますが、何とか穏やかな流れに戻せないものでしょうか。第1部で国境について触れましたが、国境を侵され、国の尊厳を冒されると、人間は、その歴史を永久に忘れず、語り継ぐこととなるのでしょう。

ロシアでは、世界陸上大会の女子棒高跳び、五メートル超の世界新記録を出したイシンバエワが、女子プロテニスで、世界一にランクされたシャラポアなど、特に、スポーツウマンの活躍が大きく報道されています。これはロシアの自由化が進み、個性的な、新人類タイプの出現を連想させます。しかし、その一方で、チェチェン情勢を反映した、様々な厳しい映像が、テレビを通じて流れています。

ロシアと日本について、外交の経験者、学者や駐在経験者が、互いの国を記述した著作はあると思いますが、共に働いたロシア人と日本の民間人が書いた本は、まだ少ないのではないでしょうか。

ソ連時代には、一般のロシア人が海外に出ることは、ほとんど不可能でしたが、ワーリャさんは仕事上、年に一～二回はヨーロッパに出掛ける機会がありました。日本も数回訪問しています。当時としては、まれに外国を知る、ロシアの国際人だったと言えるでしょう。

同じ外国の文化、生活、習慣などに接しても、見る人によって感じ方、表現には大きな差があります。私たち二人の間でも、視点の高低差、表現の温度差があることを、察せられたことと思いますが、ロシア人と日本人が同じ立場で、一緒に書き、考えをお伝えすることに、何等かの意義があると考えています。

ドフトエフスキーはその著「白夜」で、サンクトペテルブルグの周りの知人は、全て別荘へ出掛けてしまうと書いているように、ロシア人は、昔から大自然の中で過ごすことが好きです。

ワーリャさんも、毎年、四月からの半年間、郊外で過ごします。その中で、日本の会社で働いた頃の思い出の幾つかを、第2部で書きました。書きたいことは、まだ、たくさんあるようですが、ロシア語訳に時間を要するなどの理由で、今回は記述を抑えてもらいました。

機会があれば、続きを是非、書いてもらいたいと思っています。

最近、読んだ斉藤茂太先生の、「いい言葉はいい人生をつくる」の書の中で、含蓄に富む文章に出会いました。それは「できる事が増えるより、楽しめることが増えるのが、いい人生」という言葉です。もう一つは、「ヨーロッパで最もジョークが磨かれ、頻発されたのは、戦争中だったという。つらく重い時代であればあるほど、ユーモアや笑いを誘うように努め、現実を楽しんでしまおうとするのは、人間だけに与えられた英知だといっても過言ではないと思う」と述べています。

私は、なかなか人生を楽しむ境地には到達しませんが、この書の記述にあたり、旅や乗り物に関するロシアのユーモア集の、一冊の本を読んでみました。

その中にも、たくさんのアネクドート、ジョークが詰まっていることを、再度知りました。

ヨーロッパから極東アジアまで、世界一の広い領土を持つ多民族国家、ロシアは一般的に、気品と粗野、明るさと暗さを合わせ持つ国民性とも言われます。

ロシアでは、冬が寒い上に、歴史上はつらく重い時代が続きました。逞しさに加え、ロシア的ユーモアで、冬の時代も切り抜けてきたと解釈できるでしょう。

日本では、ロシアについて、酒好きの肥満大国というイメージを抱く人も多いと思いますが、面積は日本の約四五倍、国民総所得も、現在、世界一六位です。

石油や天然ガスなどの輸出により外貨保有も増え、ＢＲＩＣＳといわれる、経済発展が加速する国の一角に並びました。生活レベルの向上で、モスコー市内ではエアロビやフィットネスクラブもオープン、肥満大国から、経済大国、一層のスポーツ大国へ変身しています。

元々、若いロシア人は、男女ともにスポーツ向きのナイス・バディーの持ち主なのです。

この本に、ご登場して頂いた方々に、お会いして、事前のご了解を得なければなりませんでしたし、また、記憶違いの事柄もあるかも知れませんが、御理解頂きまして、どうぞ、ご寛容にお許しください。

出版にあたり、推敲等で協力を頂きました、牧田弘子さん、第2部でロシア語の翻訳に協力頂いた小松佑子さんと後藤セリョージャさん、何かとご支援頂きました、流通経済大学出版会の加治紀男部長に感謝致します。

牧田さんは専門学校で講師を勤める多忙の中、協力して頂きました。

小松さんは総合商社勤務時代には、日ソ間貿易で活躍し、後、ウズベキスタンの大学でも教鞭をとり、現在、ロシア語の翻訳等で活躍中です。

後藤セリョージャさんは、幼少時に来日、日本の大学でもロシア語を学び、現在、日本の企業において、日ロ間の仕事で活躍中です。尚、本文中、ヘルシンキで車を購入、助手席でモスコーまで同乗、運転未熟な私に、スピードを上げるようアドバイス、さらに、結婚式で、私が司会を務めさせてもらった後藤省三さんは、セリョージャさんのお父さんです。

この本のイラストも描いてもらいました。

この本を書きながら、多くの人に支えられ、甘え、迷惑を掛けた半生であったことを、改めて知ると共に、若い時代からの勉強不足、人生経験の浅さを痛感致しました。

平和、国際交流、国境、領海、犯罪、テロ、拉致、燃油高、ニート、愛、癒しなどの言葉を多く耳にした二〇〇五年でした。二〇〇六年には、トリノで冬季オリンピック、ドイツでサッカーのワールドカップが、G8がモスコーで開催されます。今後、日本、世界は大きく変わって行くことでしょう。日本では、「人生は一生勉強」という言葉がありますが、ロシアでも、似た諺とパロディーがあります。「百年生き、百年学べ（そして、君はおろか者のまま死ぬであろう）」。私の半生に当て嵌まっても、今後の日本や世界がそうあっては欲しくないものです。

最後まで、お読み頂きました皆様に、心から感謝申し上げます。

シャラポアで始まりましたので、最後もシャラポアで閉めたいと思います。

〝予感さす　華麗なプレイ　シャラポアの　明日のロシアと　世界の未来〟

お後が宜しいようです。

近隣諸国との理解と交流、観光の広がり、そして、人々の移動を支える交通機関の安全で快適な輸送・運航を祈ります。「ミール　バ　フショム　ミーレ」、そして、「スパシーバ」。

二〇〇五年一二月

富岡　譲二

二人のプロフィール

バレンチナ・ボガノワ（通称ワーリャ）
日ロの航空交渉が纏まり、東京ｰモスコー間で定期航空の運航が開始、一九六七年、日本航空モスコー支店開設。
その際、最初のロシア人職員として、英語教師養成の大学を卒業後、採用され、三〇年以上勤務。何かと規制の多い社会主義時代から、日本の航空会社の日本的サービスの提供や維持に努めながら、日本、日本文化、日本人などを見つめてきた。数回の日本訪問の経験もあり、親日の人。　明るく、活発な性格。
周りから「ロシアのサッチャー」と呼ばれることに、本人は気に入っているが、ロシア人としてのプライドも高く、かつ、車の運転は粗っぽい。時には「ロシアのトラ」にもなる。

富岡譲二
上智大学外国学部ロシア語学科、経済学部経済学科卒。　慶応大学文学部修士課程東洋史学科中退。繊維会社の輸出業務を経験後、日本航空へ入社。主に営業畑を歩む。ジャルパック、九州国際サービス、アクセス国際ネットワークなどに勤務。　国内は広島、福岡、海外は社会主義時代のモスコー、オリンピック後のソウルに駐在。東京オリンピック大会では、ボート競技のロシア語通訳を務める。　短大講師などを経て、現在、流通経済大学国際観光学科専任講師。　著書「二十一世紀の観光交通概論」。
日本国際観光学会正会員。　趣味と道楽：国内・海外旅行　テニス　楽器演奏　散策。
（本名　三田　譲）

そして、モスコーの夜はふけて

発行日 2006年3月15日 初版発行

著 者 バレンチナ・ボガノワ

富岡 譲二

発行者 佐 伯 弘 治

発行所 流通経済大学出版会

〒301-0844 茨城県龍ケ崎市120

電話 0297-64-0001 FAX 0297-64-0011

Printed in Japan／アベル社

ISBN4-947553-38-3 C0095 ¥1700E